2034

Christophe Victor

2034

Roman

Alia Futura

Couverture : Kate Healy

Instagram : @katie_hly_art

Web : katiehealyart.com

ISBN : 978-2-9572948-1-7

Dépôt légal : juin 2020

DU MÊME AUTEUR

Révolution digitale : transformer la menace en opportunité. Avec Lydia Babaci-Victor. Essai. Eyrolles, avril 2017.

Le Monde qui vient. Essai. Plon, août 2019.

À mes enfants

AVANT-PROPOS

Ce roman est un thriller technologique, qui a pour premier objectif de vous distraire, espérons même de vous captiver. Mais il se veut également une occasion de réfléchir au « Monde d'après », et d'agir concrètement pour éviter que la dystopie proposée dans les pages qui suivent soit un jour une réalité.

L'intégralité de ses droits littéraires en autoédition sur le territoire francophone (hors frais techniques et frais de promotion) sera reversée à Planète Urgence, association reconnue d'utilité publique de solidarité internationale et de protection de l'environnement. (www.planete-urgence.org).

Si vous avez aimé ce livre et si vous souhaitez vous mobiliser pour la planète :

- écrivez un commentaire le concernant sur internet (Amazon, Fnac, iBooks, Babelio...) ;
- faites-le découvrir autour de vous ou offrez-le ;
- inscrivez-vous sur :
  2034.website/inscription
  pour suivre l'actualité de l'opération et recevoir une nouvelle gratuite de l'auteur.

Vous aiderez ainsi à bâtir une chaîne de solidarité. Environ 60 à 70 % du prix de vente de sa version numérique et 15 à 50 % du prix de vente de sa version papier viendront contribuer à des actions concrètes pour la forêt, la biodiversité et l'aide au développement local.

Pour faire en sorte que le pouvoir des livres et des idées reste le plus fort.

Christophe VICTOR

PREMIÈRE PARTIE

I

9 janvier 2034, 14 heures.

La Tesla autonome s'arrête devant les grilles imposantes de Phébé, 1 Phébé Way, à Palo Alto, une cinquantaine de kilomètres au sud de San Francisco. L'entreprise y dispose de trois gigantesques campus abritant ses bureaux et son siège social. La dizaine de vigiles, présents dans un rayon de cinq mètres, jettent vers le véhicule un regard soupçonneux, sans toutefois s'avancer. La vitre se baisse et un bras muni d'une caméra de reconnaissance faciale pénètre dans la voiture. Celle-ci filme le passager sous trois angles différents puis inspecte le reste de l'habitacle avant de se retirer. Trente secondes plus tard, le portail s'ouvre sans un bruit, dans un mouvement parfaitement fluide, comme s'il glissait sur des coussins d'air.

Pierre ne peut réprimer le frisson qui est en train de lui parcourir le dos. Il vient d'avoir 27 ans. Diplômé d'HEC et de son double cursus *data* avec Polytechnique, il a été courtisé très tôt par Phébé, dès le début de sa spécialisation. Il faisait partie des dix mille étudiants du programme *Target the Best*, repérés chaque année dans le monde entier par le géant de la Tech pour leur potentiel en gestion et analyse des données, sciences cognitives et communication. Un classement obtenu par la compilation de milliers d'informations obtenues des établissements scolaires – qui ont tout intérêt à collaborer pour prouver l'excellence de leur formation – et des réseaux sociaux. Sur la quinzaine de compétences clé recherchées en priorité par Phébé, Pierre était arrivé dans les dix premiers en analyse des données, mais également dans les cent premiers en créativité et capacités collaboratives, ce qui lui avait valu une cour assidue et ininterrompue de la multinationale depuis la sortie de son école.

La Tesla avance maintenant dans l'allée principale du Campus Est. A quelques mètres de l'entrée, malgré une température fraiche de 12 °, un jongleur en tee-shirt fait tournoyer quatre quilles vertes dans l'air. Deux salariés juchés sur des rollers dépassent à toute allure la voiture. A gauche, un figaro à casquette lève le rideau métallique de son échoppe et tourne sa pancarte « Open » sous l'inscription « Barber Shop » gravée sur la vitrine. A droite, deux mécanos s'agitent pour faire face à la file qui grossit à vue d'œil de ceux qui viennent déposer leur vélo pour une réparation. Tout a l'air étrangement paisible dans ce qui ressemble bien peu au Quartier Général de l'une des entreprises les plus puissantes du monde.

Trois oligopoles - Phébé (« celui qui éclaire le monde »), Cronos (« celui qui maîtrise le temps »), Atlas (« celui qui porte le monde ») - se partagent aujourd'hui une part croissante de l'économie occidentale. Ils sont nés des anciens géants du net et ont pris le nom, à la faveur de leurs opérations de regroupement, des premières divinités de la mythologie grecque : les Titans. En 2034, leur capitalisation boursière cumulée dépassera pour la première fois le PIB des USA, une situation impensable il y a trente ans, alors qu'ils étaient à peine nés. Il faut dire que la crise du coronavirus de 2020 et ses différentes répliques les ont bien aidés. Les critiques sur leur modèle économique et l'utilisation qu'ils faisaient des données personnelles ont disparu, au cours de la dernière décennie, au profit de la nécessité de lutter efficacement contre la maladie. Sous la pression de leur population et face à l'incurie de leur système de santé, les Etats-Unis ont emboité le pas à la Chine et à la Corée du Sud, traquant les malades et leurs contacts grâce aux images de vidéo surveillance, l'analyse des transactions de cartes bancaires ou les informations des téléphones. Les géants du net ont mis tous leurs moyens – et ils étaient considérables – à aider les gouvernements qui les sollicitaient à reprendre le contrôle de la situation. Comme en Asie, la méthode s'est révélée efficace, permettant une reprise plus rapide de l'économie, comparativement à certains pays européens qui se sont montrés plus réticents à de telles atteintes aux libertés individuelles. La toute-puissance de la donnée pour répondre aux problèmes humains a une nouvelle fois prouvé son efficacité. Un nouvel ordre mondial est né aux USA et dans de nombreux autres pays occidentaux et asiatiques : le capitalisme de surveillance.

La Tesla s'arrête devant l'un des nombreux bâtiments blancs du Campus. Des passerelles bleues, réunissant les étages de chaque bloc, laissent deviner une intense circulation en hauteur. La porte de la voiture s'ouvre. Pierre descend, intimidé. Il se dirige vers l'immeuble devant lui. Un léger clic suivi du ronronnement d'une caméra lui rappelle que tout est filmé dans l'enceinte de son nouvel employeur. Un petit robot à l'accueil l'invite à rentrer.

— Bienvenue pour votre première journée chez Phébé, Pierre Favre. Nous ferons tout pour qu'elle vous soit la plus agréable possible. Je vous invite pour le moment à me suivre à l'étage de la Direction de la Gestion des Talents.

Le Français est surpris par la voix étonnamment humaine de la machine. Ce phrasé, cette intonation, cette douceur, lui rappellent confusément quelqu'un. Mais il n'a pas le temps de s'attarder sur cette pensée. Le robot l'a déjà précédé de plusieurs mètres, l'entrainant derrière lui dans les couloirs du bâtiment.

La crise sanitaire du début des années vingt s'est rapidement transformée en crise profonde de l'économie réelle : industries, transports, commerces physiques ont été plongés de longs mois dans le marasme. L'économie virtuelle en a profité : l'usage des réseaux sociaux, des messageries, des plateformes de contenus, du commerce en ligne, a partout explosé. Les géants du net sont sortis plus forts que jamais de l'épreuve, plus proches du politique aussi. Obsédés par les succès économiques et technologiques de la Chine, dont la croissance est repartie rapidement après la crise, Washington et la Silicon Valley se sont unis pour sauver ce qui pouvait l'être de l'économie réelle. La deuxième partie des années vingt a été ainsi le théâtre d'opérations de fusions-acquisitions gigantesques, menées par le secteur du numérique sur des entreprises exsangues de l'industrie, du commerce ou des services. Les deals étaient financés à crédit, grâce à la politique monétaire ultra accommodante de la Fed. Quand certaines voix s'élevaient pour s'insurger contre la menace que faisaient peser de telles concentrations sur les libertés et sur la démocratie, des campagnes ciblées de communication rappelaient les bienfaits de ces regroupements pour l'économie et les consommateurs. N'avait-on pas sauvé de nombreux emplois ? La croissance n'était-elle pas repartie ? Et la Bourse n'avait-elle pas repris sa course vers les sommets ? La mise en place du revenu minimum pour les victimes de la crise – des millions de personnes dont on n'avait pas pu sauver le travail –, largement subventionnée par les trois oligopoles, avait achevé de faire taire les critiques. Les Etats-Unis s'enorgueillissaient d'avoir mis fin à la pauvreté grâce à un programme financé par le secteur privé. « Conserver l'Amérique au sommet » avait été le programme commun de Washington et de la Silicon Valley.

Cette ambition de puissance est rappelée partout sur les murs du couloir que parcourt Pierre : « avancer vite et casser les codes », « faire l'histoire », « exiger l'excellence », « connecter les hommes et changer le monde », « réussir l'impossible », « s'imposer ou disparaître »... La philosophie de la maison est explicite. Le jeune homme l'a d'ailleurs expérimentée à ses dépens à sa sortie de l'école. Il a longtemps résisté aux sollicitations de recrutement de Phébé et préféré se lancer comme producteur audiovisuel indépendant. Cependant, il s'est vite rendu compte que son projet, visant à promouvoir le cinéma d'animation pour adultes, n'avait pas sa place sur le marché actuel de la distribution. Les plateformes vidéo, salles de cinéma et chaines de télévision sont maintenant toutes contrôlées par trois Majors américaines, chacune détenue par l'un des Titans. Celles-ci lui ont fait comprendre que ses films ne correspondaient pas aux attentes des consommateurs. Pierre a eu beau leur démontrer, analyse de données à l'appui, qu'ils visaient une catégorie de la population, certes réduite, mais à fort pouvoir d'achat et potentiellement rentable, les portes se sont toutes fermées.

Alors qu'il sombrait, incapable de rembourser ses dettes, Phébé est venu lui tendre une main secourable, acceptant finalement de distribuer ses deux premières productions, sous réserve de quelques modifications mineures, mais surtout de la promesse de son recrutement dans son unité Entertainment. Le géant lui a proposé un poste de *Chief Data Analyst*, consistant à participer à la conception de films et séries, en apportant aux équipes créatives ses capacités d'analyse du comportement des consommateurs. La proposition salariale, jugée « indécente » par la plupart de ses camarades de promo, a entamé un peu plus sa résolution. La sentence de son père, HEC comme lui, et banquier en fin de carrière, a achevé de le convaincre : « Pierre, tu n'as plus rien à attendre de l'Europe. Nous sommes en train de couler ou de nous faire avaler par ces géants américains. Autant être du bon côté du manche ! ».

Le jeune homme est encore perdu dans ses réflexions, quand il arrive à ce qui tient lieu apparemment d'espace d'attente. Trois fauteuils y sont regroupés autour d'une table basse, au milieu du couloir. Le petit robot lui propose de s'asseoir, et précise de sa voix suave que Mrs Parsons va le recevoir, avant de s'éclipser. Dans la salle de réunion vitrée, en face du siège sur lequel il s'est installé, Pierre observe une femme d'une quarantaine d'années, blonde frisée, habillée d'un tailleur gris et maquillée avec soin, qui s'agite devant un homme de dos, en jeans, baskets et chemise blanche. Elle est manifestement très énervée. Lui est affalé sur son fauteuil, les pieds sur la table qui le sépare de son interlocutrice. Elle multiplie les gestes d'agacement. Il ne bouge pas d'un iota. Elle pointe vers lui son index d'un air menaçant. Il reste impassible. Quand elle s'aperçoit soudain que Pierre est en train d'observer leur comportement au travers de la vitre, elle se calme instantanément, adresse quelques mots brefs à son vis-à-vis et se dirige vers la porte.

— Pierre, quel plaisir de faire ta connaissance ! Entre donc ! Nous sommes heureux de t'accueillir chez Phébé.

Si l'anglais ne permet pas de distinguer le tutoiement du vouvoiement, l'usage du prénom s'est imposé immédiatement. C'est comme cela chez Phébé : on est « cool » !

— Je suis Nelly Parsons, manager à la gestion des talents. Et voici Tim O'Brien. Il est responsable du Département Information, et tu as la chance qu'il soit ton mentor et qu'il suive, avec moi, ton intégration chez Phébé.

L'homme, qui doit bien faire 1,95 mètre et peser un quintal, se lève. Il est toujours de dos. Il rentre lentement un pan de chemise dans son pantalon, racle sa gorge deux fois puis se tourne enfin vers Pierre.

— Hey, *rookie* ! Pas de bol ! T'es tombé sur moi. Tu n'pouvais pas trouver pire. Mon dernier *rookie*, il est encore en train de réfléchir au sens de la vie à l'hôpital psychiatrique de Palo Alto. Douze mois, ça m'a pris. Mais maintenant, il est à point !

O'Brien part dans un grand éclat de rire. Son visage est rude, son cou épais, sa poignée de main brutale. En dépit de l'apparence, il a pourtant un certain charme dans ses manières. Sa façon d'attirer le bras du jeune homme vers lui, de l'entourer de son corps massif, a quelque chose de rassurant, quasi paternel. Sa voix aussi est étrange. Chaude, veloutée, presque distinguée, elle est bien peu en correspondance avec le style du personnage.

— Il m'en faudra plus, rétorque Pierre en souriant. Je sors d'un entraînement chez les *marines*.

Le petit Français n'a pas l'intention de se laisser impressionner. On lui a appris au cours de ses années d'études le savoir, le savoir-faire et le savoir-être. Il est temps d'utiliser cette dernière compétence. Jauger l'interlocuteur, deviner ses motivations, identifier ses faiblesses. O'Brien veut installer un rapport de force d'emblée, tout en jouant les protecteurs. Il doit rétablir l'équilibre de la relation sans attendre.

— Tu as raison de ne pas te laisser faire, s'esclaffe Nelly Parsons. O'Brien est un gros ours, mais beaucoup plus tendre qu'il n'y parait. Il est l'un de ceux qui connaissent le mieux Phébé. Il y est entré à vingt ans comme développeur, quand l'entreprise n'était encore qu'un petit réseau social dénombrant 500 millions d'utilisateurs. Steve lui a fait très vite toute confiance. Il a depuis grimpé tous les échelons, jusqu'à occuper ce poste stratégique de l'information. Si tu le veux, tu progresseras vite avec lui.

O'Brien s'est déjà retourné, fixant à travers la vitre des postes de travail inoccupés au bout du plateau. Il affecte un détachement ostensible.

— Pierre, nous allons procéder rapidement aux formalités d'entrée. Tu as déjà un espace privé sur le réseau où tu pourras trouver tout ce dont tu as besoin : valeurs de l'entreprise, règlement intérieur, procédures, documents administratifs, messagerie interne… Tu y accèdes par l'application que nous avons déjà téléchargée sur ton smartphone ou ta montre connectée. Les voici ainsi que ton ordinateur et ton casque de stimulation transcrânienne. La Tesla, une fois notre entretien fini, t'emmènera jusqu'à ton appartement de fonction à Oak

Village. C'est à moins de vingt minutes de vélo de ton poste de travail qui sera situé au Campus Sud. Pas besoin de clé : tout fonctionne par reconnaissance faciale, vocale ou biométrique. Ah, une dernière chose : tends-moi ton poignet !

Pierre n'a pas le temps de comprendre ce qui se passe. Nelly vient de lui saisir fermement le bras et d'appliquer une sorte de tournevis à bout rond au niveau de l'articulation radio-carpienne de sa main droite. Une légère douleur se fait ressentir, correspondant à ce qui lui semble être l'introduction d'un élément étranger dans son corps.

— Cette puce te permettra de rentrer partout, d'avoir accès gratuitement à toutes les boutiques de nos différents Campus et de payer dans la plupart de celles de Palo Alto. Tu vas être heureux avec nous. Notre tâche est immense mais exaltante. Phébé a été conçue pour accomplir une mission : rendre le monde meilleur en connectant les hommes ! Nous sommes tous des soldats au service de ce projet. Steve est notre guide. Il nous montre la voie. D'ailleurs, viens l'écouter demain matin. Il réunit les salariés qui le souhaitent, dans l'agora du bâtiment à côté, pour ses vœux de début d'année. C'est également retransmis dans le monde entier sur notre application interne.

O'Brien se met au garde-à-vous au son du mot « soldat », jetant un coup d'œil complice à son protégé, sous le regard noir de la responsable des talents. Il est temps cependant de prendre congé. Le jeune homme rassemble rapidement les différents appareils qui lui ont été confiés. Chaque réunion est minutée chez Phébé. La prise de contact avec un nouveau salarié et les formalités administratives ne doivent pas prendre plus de quinze minutes.

— Salut *rookie* ! On se retrouve demain à la grand-messe de Steve. En attendant, prend bien soin de toi. Ne prends pas froid. Tu m'as l'air fragile !

*

Pierre se retrouve quelques minutes plus tard sur le perron du bâtiment. Le petit robot semble l'observer. La Tesla l'attend en bas des escaliers, porte ouverte, pour le conduire à son appartement. Le temps s'est rafraichi. Une légère brume semble même se lever, à moins qu'il ne s'agisse d'un nuage de particules fines. Un employé passe devant lui en skate sans le voir. Sinon l'allée est vide. Les salariés préfèrent manifestement passer par les passerelles chauffées reliant chaque bloc en hauteur. Un sentiment de grande solitude l'envahit. Comment peut-on être aussi connecté et se sentir si seul ?

II

9 janvier 2034, 15 heures.

Confortablement installé à l'arrière de la Tesla, Pierre observe les premiers bâtiments de Oak Village. Les immeubles neufs, tous vitrés, donnent une impression générale de transparence. Les commerces sont habillés de couleurs vives où le bleu domine. Des arbres, encore jeunes, se dressent le long de routes larges où ne circulent que quelques rares vélos ou véhicules électriques. La voiture progresse sans s'arrêter depuis son entrée dans le quartier, les feux se mettant immédiatement au vert sur son passage. Des capteurs dans le bitume ou sur les panneaux de signalisation sont là pour fluidifier la circulation, constate le jeune homme. Un bus, prioritaire, arrivant sur la gauche, impose pour la première fois à la Tesla de s'immobiliser. Les mouvements des véhicules sont fluides, les bruits étouffés, le temps suspendu. Le soleil déclinant perce par endroits le nuage de brume et jette une lumière froide sur des squares déserts. Est-ce l'heure ou la saison ? Les rues sont vides de piétons.

Conçu au départ pour loger confortablement ses salariés et leur procurer un cadre de vie agréable, Oak Village est devenu au cours du temps une vitrine technologique de Phébé, révélateur des obsessions de son créateur : ouvrir et connecter. Créé sur une ancienne zone industrielle, enclavé entre la ligne ferroviaire Dumbarton et la Oak Road, le quartier n'a eu de cesse de faciliter ses liaisons avec l'extérieur. L'une de ses plus grandes réussites est l'installation d'un tube en verre surélevé au-dessus du Dumbarton Rail Corridor, qui rejoint en une dizaine de kilomètres la ligne Hyperloop construite par Elon Musk entre Los Angeles et San Francisco. Des capsules sur coussins d'air, transportant des passagers ou des marchandises, y sont propulsées par champ magnétique et permettent de rejoindre San Francisco en dix minutes ou Los Angeles en une demi-heure. La ville s'est équipée également de quantités de navettes électriques autonomes desservant les principales zones d'activité de la Silicon Valley. Pierre, en levant la tête, s'amuse à dénombrer les caméras installées sur chaque bloc d'immeubles. Il en est à déjà plus de cent depuis son départ du Campus Est. Elles relaient à un poste central les images de toutes les zones de la ville pour assurer une paisibilité totale à ses habitants. En cas de problème, la police intervient en moins de trois minutes. Elles régulent les flux également. Grâce à des algorithmes prédictifs puissants, les services de transport, de sécurité ou les commerces s'ajustent rapidement aux besoins.

La Tesla s'arrête devant le 10, Open Street. Le jeune Français descend de son véhicule. Il sort sa grosse valise et deux sacs du coffre puis monte, non sans difficultés, les quelques marches qui le séparent de l'entrée.

— Voulez-vous que je vous aide ? interroge une voix dans son dos.

Un homme grand et maigre le fixe avec des yeux étrangement clairs. Il a les cheveux gris, ondulés, renvoyés en arrière. Un âge incertain, probablement proche de la soixantaine. Son costume à carreaux beiges, trop large pour lui, le fait ressembler à un clown… à moins que ce ne soit au Joker, s'amuse Pierre.

— Avec plaisir. J'arrive de France ce matin. Et je suis un peu chargé. Je m'installe ici, au troisième étage.

— J'habite moi-même au troisième étage, et l'appartement à côté du mien est vide depuis plus de deux mois. Nous devons être voisins. Je suis heureux de faire votre connaissance. Je me présente : Aristotle Symes. Ne vous étonnez pas de mon prénom. Mes parents adoraient la philosophie… Ils ont d'ailleurs fait de moi un enseignant.

— Ravi. Pierre Favre.

— Que venez-vous faire dans cette contrée désespérante, mon jeune ami ? Si je peux me permettre de vous poser cette question ?

— Bien sûr. J'ai été recruté par Phébé au Département Entertainment. Je m'installe à Palo Alto. Ils me logent pour l'instant dans cet appartement.

— Ah… fait l'homme avec un soupçon de dégoût. Vous allez donc devenir l'un des rouages de ce monstre froid ?

— Pourquoi dites-vous cela ? demande le jeune Français, vaguement surpris.

— Non, non… Oubliez cela. Vous avez affaire à un vieux radoteur aigri. Nous ferions mieux d'ouvrir cette porte et d'entrer. Il commence à geler dehors.

Pierre lui coupe le passage. Il en avait trop dit ou pas assez.

— Qu'est-ce que cela signifie ? insiste-t-il.

Le Joker le toise, puis regarde subrepticement derrière lui, d'un air inquiet.

— Ils sont partout. Ils contrôlent tout. Ils nous surveillent. Ils nous connaissent mieux que nous ne nous connaissons nous-mêmes. Ils sont capables de nous influencer, de nous manipuler. Vous qui venez du pays des Libertés et des Lumières, qu'est-ce qui vous a pris de vendre ainsi votre âme au Diable ?

Il s'interrompt pendant une fraction de seconde pour reprendre son souffle, puis continue à voix basse.

— Je les connais bien, vous savez. J'ai été l'ancien précepteur des enfants de Steve : Maxime et César. Vous ne pensez pas qu'il faut être un peu timbré pour appeler son premier fils « le très grand » et le second du nom des empereurs romains de l'Antiquité qui ont cherché à imposer leur puissance sur le monde ? C'est cela Steve : la volonté d'une domination sur des centaines de millions d'individus pour faire ce qu'il croit être leur bonheur. Il les enferme dans une prison dorée où leurs moindres désirs sont anticipés, à moins qu'ils ne soient suggérés… et il se charge d'y répondre, pour leur plus grande satisfaction, mais surtout pour son plus grand profit. Dans son royaume, la liberté et la vérité ont disparu. Elles ont été remplacées par la sécurité et le confort. Regardez-moi. Quand le dernier de ses fils a eu quatorze ans, j'ai repris mes cours dans un établissement privé de Palo Alto. J'en ai été viré au bout de dix-huit mois. Ils ne supportaient pas que j'enseigne certains philosophes, que j'apprenne aux élèves le sens critique. S'ils me tolèrent encore ici, avec un loyer préférentiel, c'est qu'ils me savent inoffensif. Et que Steve et ses fils gardent une forme de gratitude et d'indulgence pour le vieux fou que je suis. Mais vous, jeune homme, ne participez pas à cette entreprise diabolique. Restez digne. C'est important la dignité !

Sans attendre une réponse, Symes se saisit de l'un des sacs du Français et avance vers la porte. On entend le léger ronronnement de la caméra de reconnaissance faciale puis le cliquetis du verrou. Il rentre dans l'immeuble, suivi par Pierre. Le sol, en faux marbre blanc, reflète comme un miroir la silhouette des deux hommes. Sur les murs, blancs eux aussi, de hautes glaces renvoient leur image. Un bac de plantes vertes donne un peu de chaleur et de couleur à une entrée qui en manque singulièrement. Au fond du vestibule, la cage en verre de l'ascenseur les avale rapidement. En une fraction de seconde, ils se retrouvent sur le palier du troisième étage.

— Votre appartement doit être celui à droite. Il fait l'angle de l'immeuble. Le mien est en face.

La porte de son meublé s'ouvre automatiquement quand Pierre s'en approche. Nulle trace de caméra. Elle a dû réagir aux données transmises par la puce dans son poignet.

— Ils vous ont déjà mis sous surveillance ? s'étonne le professeur. Ils ne perdent pas de temps. Méfiez-vous, jeune homme. Méfiez-vous. Ne les laissez pas vous contrôler. La dignité, pensez-y, la dignité !

Symes dépose le sac de Pierre à ses pieds, puis tourne les talons et s'engouffre dans son propre appartement, avant même que ce dernier n'ait pu réagir. Il faut dire qu'une voix suave retient son attention.

— Bonjour Pierre. Bienvenue chez vous. Je suis Sacha, votre assistante personnelle. Je suis à votre disposition pour prendre vos rendez-vous, chercher de l'information, faire vos achats, vous divertir... Vous me retrouverez également sur votre smartphone et votre montre connectée. Il vous suffira de me donner vos instructions en commençant par « Hey, Sacha ! ». Pour commencer, je vous propose de visiter votre appartement. C'est un deux pièces de 45 m2 doté de tout le confort moderne : réseau électrique intelligent, détection des mouvements, climatisation, chauffage et éclairage en fonction des déplacements, commande vocale centralisée, collecte pneumatique des déchets, réfrigérateur connecté, écran ultra haute définition...

Sacha égrène les caractéristiques d'équipement des lieux pendant que Pierre fait le tour du propriétaire. L'entrée donne dans un vaste living avec cuisine intégrée. Sur la droite, deux portes ouvrent, l'une sur une chambre de taille modeste, l'autre sur une salle de bain. Le mobilier est rare : une table, six chaises, un fauteuil, un canapé, un lit, une penderie, quatre placards de cuisine, un réfrigérateur, un four, une plaque de cuisson, un lave-vaisselle, un lave-linge. Il faut dire que de larges baies vitrées occupent la moitié des murs et laissent peu de places à l'ameublement. Le jeune homme s'approche des fenêtres. Le soleil est en train de disparaître. La brume recouvre progressivement la rue. On distingue à travers les fines gouttes d'eau en suspension dans l'air une vieille femme qui promène son chien sur le trottoir. Les lumières qui s'allument derrière les vitres des bâtiments alentours sont autant de taches projetées sur l'écran gris de son nouveau monde. Pierre pourrait embrasser la moitié de la ville d'un seul regard. On devine là-bas, à travers le bloc d'immeubles, le centre commercial puis le centre culturel. Tout est tellement transparent ! Comme si rien ne devait arrêter l'œil.

En se retournant, Pierre fait face à l'avatar de Sacha sur le grand écran fixé au mur à gauche de l'entrée. Il a pris la forme d'une femme d'un âge incertain, blonde à la peau claire, les yeux verts, un nez fin. Elle semble l'observer et attendre une instruction. Elle a des faux airs de sa mère... et de sa première nounou aussi... à moins qu'il ne s'agisse de son ancien professeur de théâtre. Et cette voix suave qu'il a immédiatement remarquée quand le petit robot s'est adressé à lui chez Phébé ? Puis à l'instant quand il est entré dans l'appartement ? Il se souvient maintenant. Elle est étonnamment proche de celle de Natasha Volskaya, avec les mêmes intonations que celles qu'elle prenait quand elle lui faisait répéter « Lorenzaccio » d'Alfred de Musset. Pierre se dirige vers l'entrée, rentre ses deux sacs et sa valise puis ferme la porte. Il n'arrive pas à dissiper le malaise qui s'est emparé de lui depuis le début de l'après-midi.

— Hey Sacha ! Appelle-moi mes parents.

L'image de Sacha s'efface pour laisser apparaître, au bout de quelques minutes, les visages rassurants de son père, de sa mère, et de sa petite sœur Chloé, assis sur le canapé du salon, malgré l'heure tardive en France.

— Mon Pierrot, comment vas-tu ? Es-tu bien arrivé ? Es-tu bien installé ? Comment cela se passe-t-il ? ...

Le jeune homme est rapidement inondé par le flot de questions déversé par sa mère. Il ne veut pas inquiéter les membres de sa famille. Il entreprend donc de leur raconter de façon positive sa première entrevue avec Mrs Parsons et

O'Brien, et surtout de leur montrer, à l'aide de la mini caméra reliée à l'écran, l'intérieur de son nouvel appartement, sans omettre de mentionner tous les équipements technologiques dont il est doté.

— Waouh ! Trop contente pour toi ! applaudit Chloé, en trépignant et en agitant frénétiquement les bras, comme si elle avait sept ans alors qu'elle en a dix de plus.

— Me voilà rassurée, soupire sa mère. J'avoue que te savoir ainsi à l'autre bout du monde me donnait quelques soucis. Mais je constate que tout se passe bien, et qu'ils font bien les choses chez Phébé…

— Mais bien sûr qu'ils font bien les choses, l'interrompt sèchement son père. Ils y ont tout intérêt. Pierre est l'un des garçons les plus brillants de sa génération. Les entreprises du monde entier se l'arrachent. Si Phébé veut le garder, il faut qu'ils y mettent les moyens. C'est normal. Et nous, pauvres Européens, que pouvons-nous faire dans cette bataille des talents ? Quand tu penses qu'ils payent cinq à six fois plus chez les Titans que dans ma banque. Comment peux-tu résister ?

Suit un long monologue du cadre en fin de carrière sur le déclin de l'Europe, la fin programmée des banques, la mainmise des oligopoles sur l'économie, la montée du chômage… Un discours déjà largement entendu qui se conclut invariablement par le fait qu'il vaut mieux être du bon côté du manche et que son fils a bien de la chance d'y être. Ce constat pourrait rasséréner le jeune homme. Mais ce n'est pas le cas. Il poursuit encore quelques minutes la conversation sur des banalités, puis embrasse ses parents et adresse le signe du démon à sa petite sœur. Poing fermé, pouce, index et auriculaire levés, c'était leur manière de se dire leur amour. Ils l'avaient empruntée à Lennon dans le clip de *Yellow Submarine* et en avaient fait leur rituel de séparation depuis dix ans.

Quand il raccroche, le living se trouve plongé dans un silence oppressant. Sacha a disparu de l'écran. Pierre inspire profondément puis se met à ranger ses affaires. Au bout d'une demi-heure, il a pris possession des lieux. Ses vêtements sont soigneusement rangés dans la penderie, ses affaires de toilette dans la salle de bain. Il lui reste juste quelques bouquins et les portraits de ses parents et de sa sœur à disposer. Mais il n'y a pas de bibliothèque, ni même de commode dans l'appartement. L'usage des livres en papier a quasiment disparu, comme celui des cadres photo. Tout est sur le réseau maintenant : numérisé, dématérialisé, virtualisé. Désincarné. Ce n'est pas grave. Ses romans et autres ouvrages feront une jolie pile par terre, à proximité du canapé. Quant aux portraits, ils viendront orner le bout de la table. Pierre aura ainsi l'impression d'être assis à côté de sa famille.

Il est plus de 20 heures à présent. Le petit déjeuner dans l'avion, et le sandwich acheté à l'aéroport après la récupération des bagages et le passage de la douane, ne sont plus qu'un très lointain souvenir. Il ouvre le réfrigérateur connecté. Les compartiments sont remplis de viande végétale, légumes et fruits en barquettes, yaourts de soja, lait d'amande… Il y a même sa bière préférée. Le jeune homme se saisit d'une cannette, puis de quelques aliments à la volée. Il mange de bon cœur. La nuit est maintenant tombée. Il demande à Sacha de fermer les rideaux. Malgré le cocon protecteur formé par les volets automatiques qui se baissent lentement, il se sent étrangement vulnérable. Il se jette dans le fauteuil en face de l'écran et se saisit du casque de réalité virtuelle posé à côté. Il va s'offrir un voyage d'évasion en plongeant sur la grande barrière de corail. Les poissons, coraux et plantes aquatiques qui défilent devant ses yeux ont été savamment reconstitués en fonction d'archives du passé. L'immersion est totale. Mais cela ne suffit pas à calmer son anxiété. Il passe à un jeu vidéo… sans beaucoup plus de succès.

Il finit alors par sélectionner une sexapp. Il se déshabille et place soigneusement sur son corps une dizaine de patchs utilisant la neuromodulation pour exciter ses principales zones érogènes. Puis il coiffe de nouveau le casque. Une jeune fille dénudée apparait alors devant ses yeux, synthèse parfaite de ses trois dernières petites amies. Elle danse lascivement et semble réelle. Elle lui parle d'une voix douce. Il pourrait la commander, mais il préfère laisser faire le programme qui a enregistré lors des dernières séances ses préférences et ses réactions. Elle s'approche de lui pour l'embrasser. Pierre à l'impression de ressentir à ce moment-là son étreinte. Son souffle descend lentement maintenant le long de son cou, de ses épaules, de sa poitrine, de son ventre… jusqu'à son bas ventre. Un frisson de plaisir le parcourt. Il commence à se détendre… enfin !

III

10 janvier 2034, 9 heures 30.

L'agora du bâtiment central se remplit rapidement d'une foule jeune, au look décontracté. Le brouhaha devient de plus en plus intense au fur et à mesure des arrivées, amplifié par la réverbération du son sur les poutres métalliques et les parois en bois de la grande salle. Pour la première fois depuis hier, Pierre a le sentiment d'être au milieu d'une communauté humaine qui vit et lui ressemble. Il est arrivé tôt, de peur de ne pas trouver l'endroit et s'est ainsi retrouvé dans les premiers rangs. A sa gauche, un groupe de filles est plongé dans la consultation d'une application sur smartphone et étouffe de temps à autre de petits gloussements de satisfaction. A sa droite, trois garçons en jeans et blazers impeccables semblent se recueillir dans l'attente de l'homélie. Devant lui, Mrs Parson se tient immobile, les mains jointes sur la jupe de son tailleur. Elle l'a gratifié d'un sourire et d'un signe de tête quand elle l'a aperçu. Deux caméras, installées de chaque côté de la scène et pointées pour l'instant sur le public, attendent celui qu'ils sont tous venus écouter. A compter de 9 heures 30, la foule dirige son attention sur le fond de la salle. Une sorte de ferveur s'empare d'elle. Le brouhaha s'amplifie. Il s'oriente de façon univoque vers la porte derrière l'estrade. Pierre a du mal lui-même à réprimer son impatience. La tension électrique, qui se dégage de chacun d'entre eux, les unit dans un courant puissant, canalisé dans une même direction.

9 heures 32 : Steve fait son entrée. Le bruit s'arrête immédiatement sans pour autant que l'énergie présente ne se dissipe. Il s'avance et monte sur scène, suivi d'une dizaine de cadres dont O'Brien. Sa démarche est mécanique. Il est vêtu d'un jeans et de son éternel tee-shirt gris, qui laisse deviner des pectoraux travaillés par de longues séances de musculation et un régime drastique, à moins qu'ils n'aient été gonflés par des implants. Sa silhouette n'est pas celle d'un homme qui va fêter dans quelques mois ses cinquante ans. Son visage non plus. Il est lisse, transparent… tendu par des injections de botox ou d'acide hyaluronique. On n'y lit aucune expression. Seuls des yeux bleus, intenses, s'en détachent. Ils balaient l'assistance en un instant puis se perdent au loin. Mais en une fraction de secondes, ils ont laissé apparaître à la foule rassemblée une intensité profonde et une détermination de fer. Steve se saisit du micro et entame son discours d'une voix métallique et monocorde.

— L'année dernière s'est soldée par des performances jamais atteintes jusque-là pour notre entreprise. Plus de 40 % de la population mondiale utilise aujourd'hui nos services, applications, réseaux sociaux ou messageries, et y passe en moyenne plus de six heures par jour. Grace à nous, notre communauté peut communiquer, s'informer, se divertir, consommer en un à deux clics, sans barrière technique ou géographique. Nous prenons soin d'elle, nous la protégeons, nous lui garantissons le meilleur de ce à quoi elle peut s'attendre. Nous savons même anticiper ses désirs... *Domination* !

— *Domination* ! répond la foule d'une seule voix.

— Nos résultats, cette année encore, sont exceptionnels. Mais nous savons tous que nous ne sommes pas là pour faire de l'argent. Nous sommes là pour changer le monde en le rendant plus ouvert, plus connecté et plus sûr. Et l'argent nous sert à accomplir cette mission, à laquelle nous devons consacrer toute notre énergie. Car nous avons le pouvoir et le devoir de rendre le monde meilleur. *Domination* !

— *Domination* ! reprend l'assistance.

— Notre objectif est de construire une planète plus juste. A ce titre, le programme Alpha, que nous avons lancé il y a huit ans avec nos amis de Cronos et Atlas, est un succès sans aucun équivalent au monde. Plus de cent millions d'Américains reçoivent aujourd'hui un revenu minimum de 1000 USD par mois, avec une seule contrepartie : nous permettre d'utiliser leurs données. Ils avaient été terrassés par la crise du début des années vingt. Nous leur avons redonné espoir et dignité. L'Etat n'abonde ce plan qu'à hauteur de 30 %. Le reste est financé par des entreprises privées qui sont de plus en plus nombreuses à nous rejoindre. Depuis la mise en place de cette initiative, le PIB du pays s'est remis à progresser et a même atteint, l'an dernier, +4 %, soit un niveau jamais atteint depuis plus de trente ans. Notre propre chiffre d'affaires a progressé de 20 %. Nous sommes en train de définir un nouveau contrat social pour les futures générations. L'automatisation fait disparaître des dizaines de millions d'emplois. Nous réinventons un monde où chacun aura sa place. Et ceci avec une intervention minimum de l'Etat. Nous pouvons même imaginer, au rythme où vont les choses, que le programme soit intégralement financé par le privé d'ici cinq à dix ans. *Domination* !

— *Domination* ! entonne le public subjugué.

— Mais nous ne devons pas nous arrêter là. Nous avons le pouvoir de réparer le monde et de faire progresser le potentiel humain. Nous avons réussi à cantonner la maladie lors de crises récentes puis à la soigner. Nous devons aller plus loin. Ne tolérons plus aucune affection, aucun handicap. Remplaçons chaque organe atteint. Anticipons les risques sur notre santé pour pouvoir les prévenir. Améliorons nos capacités intellectuelles en conjuguant nos forces à celles de la machine. Le renforcement de notre cerveau par la puissance de l'ordinateur nous permettra de mieux maîtriser le monde. Nous consacrons chaque année 8 % de notre chiffre d'affaires à cette tâche immense. Nous rachetons les plus grands laboratoires, mobilisons les plus grands chercheurs. Bientôt, nous toucherons au but. Nous ferons passer l'homme de la chance au choix. Nous ne connaitrons plus la fatalité. Chacun contrôlera son destin. *Domination* !

— *Domination* !

Steve continue encore quelques instants à égrener dans le détail les prochaines étapes du développement de Phébé. Puis il termine de façon abrupte, en souhaitant en quelques mots une bonne année à chacun. Il n'attend pas la fin de la longue ovation qui lui est faite pour tourner le dos à l'assistance, descendre de l'estrade et s'éloigner par la porte par laquelle il est entré une demi-heure auparavant. Une vingtaine d'hommes disséminés dans la salle, des agents de sécurité en civil certainement, lui emboitent le pas et disparaissent derrière lui. Le jeune Français cherche à reprendre ses esprits. Il est encore étourdi par cette longue harangue, débitée d'une voix atone, qui semble pourtant les avoir tous envoûtés. Porté par la foule, il s'est même surpris à reprendre les « *Domination* » qui ponctuaient le discours. Mais il n'a pas le temps de poursuivre dans ses réflexions. O'Brien vient de le rejoindre et de lui asséner une grande claque dans le dos qui le projette en avant.

— Hey, *rookie* ! Comment ça va aujourd'hui ? Emerveillé comme tous ces idiots par le grand Steve j'imagine ? Et prêt à bouffer le monde ? Cela tombe bien. C'est ce qu'on attend de toi !

— Cela tombe bien, en effet, car je n'ai pas pris de petit déjeuner ce matin !

— Toujours le mot pour rire, *rookie*. En tous cas, tu ne manques pas de répartie. J'espère que tu es aussi bon dans l'analyse de données...

— Meilleur ! Je peux par exemple te dire que tu cherches toujours à imposer une relation de force avec tes interlocuteurs, surtout les plus jeunes ; que tu sembles avoir une incapacité à retenir les prénoms français ; et que tu aimes le contact physique viril. Je peux également te prédire que la prochaine fois que tu t'approcheras de moi, instruit par l'expérience, je ne te laisserai pas me déboiter l'épaule ou m'enfoncer le dos. Il faudra trouver autre chose.

O'Brien hausse les sourcils, manifestement surpris. Il n'a pas l'habitude qu'on lui résiste.

— Pas mal du tout, *rookie.* Tu me plais beaucoup. Je crois que nous sommes tombés sur la perle rare ! Je profite de l'occasion pour te proposer de venir diner à la maison ce week-end. C'est tout près d'ici, à Atherton, pas très loin du golf. On fera cela *à la bonne franquette,* comme on dit dans ton pays. Ma femme est une experte en cuisine française. Samedi soir, 19 heures. Cela te dit ?

— Avec plaisir, répond Pierre, pas tout à fait certain qu'il s'agisse d'une bonne nouvelle.

— Je vais t'accompagner jusqu'à l'unité Entertainment. C'est tout à côté de l'unité Information. Je crois que tu y as rendez-vous maintenant, si je ne me trompe.

O'Brien n'attend pas vraiment de réponse. Il est déjà en train de se frayer un passage à travers la foule qui met du temps à se disperser. Pierre tente de le suivre, non sans difficulté. Il doit, en effet, rencontrer sa nouvelle responsable. Ils ne se sont jamais parlé que par vidéo. Deux longs entretiens de deux heures, prolongés par des tests de mise en situation, de personnalité, et d'un synopsis de film de fiction à écrire en 5000 mots à partir de l'étude des goûts et intérêts d'un échantillon de trente millions de Latino-Américains. C'est sur ce dernier exercice que le jeune homme a particulièrement brillé. Il est capable de faire parler les chiffres comme personne. Sa compréhension intime des outils d'intelligence artificielle lui permet d'obtenir des analyses qui percent l'intimité et les motivations les plus profondes des populations étudiées. Sa créativité fait le reste. Proposer un scénario à rebondissements en fonction des attentes du public semble être un jeu d'enfant pour lui. C'est ce que Phébé a rapidement mesuré. La proposition d'embauche n'a pas tardé, arrivant dans les trois jours suivant les résultats de son évaluation, à un salaire inespéré.

Comment expliquer qu'il ait ensuite autant hésité ? Qu'il se retrouve aujourd'hui encore, au milieu de cette salle en train de se vider, avec un sentiment partagé ? Qu'il n'arrive pas à se laisser gagner par l'enthousiasme qui anime chaque salarié ou même sa famille ? La réponse lui a probablement été donnée, il y a quelques semaines, par le psychologue qui a commenté ses tests de personnalité : « intelligence vive », « capacité d'analyse hors norme », « sensibilité forte », mais « raisonnement parfois complexe », « difficulté à faire des choix », « tendance à se laisser influencer ». Avec comme conclusion : « une propension au bonheur inférieure à la moyenne ». Ce diagnostic clinique, prononcé d'une voix neutre et sans affect par un homme qui le regardait mais ne semblait pas le voir, l'avait ébranlé. Il était issu d'une analyse de ses données personnelles et de ses réponses aux questionnaires. Il ne pouvait le réfuter puisqu'il le savait scientifique. Il connaissait trop bien les techniques utilisées, pour les pratiquer lui-même dans le cadre de son travail sur des échantillons plus larges. Que lui disait-on ? Qu'il aurait des difficultés à connaître le bonheur. Qu'il était trop compliqué pour cela. Qu'il se posait trop de questions. Les mots lui revenaient à l'instant. Il devait se corriger, se laisser aller, faire confiance. Il allait commencer par O'Brien. C'était finalement sympa qu'il l'invite à diner ce week-end. Cela leur permettrait de mieux faire connaissance. Sous des dehors bourrus, son mentor cachait probablement une vraie générosité…

— Hey, *rookie*, tu as l'intention de rester planter là pendant tout l'hiver ?

Pierre sourit en son for intérieur : « une vraie générosité... mais bien cachée » ! Il accélère le pas. O'Brien l'a déjà distancé de plusieurs mètres. Le bâtiment qu'ils doivent traverser est immense. Il est composé d'un seul et unique étage, essentiellement aménagé en open space, symbole d'une hiérarchie qui se veut plate et d'une communication qui ne doit pas connaître d'obstacles. Ils avancent au milieu d'une large travée, entre un mur recouvert d'œuvres d'art aux tendances psychédéliques et des bureaux disposés de façon soigneusement désordonnée. Plusieurs sont surplombés de ballons brillants en forme de chiffres, reliefs de fêtes d'anniversaire. On y lit des un, des deux, des cinq, parfois des dix. Peu de chance à ce niveau qu'ils indiquent l'âge du salarié. On préfère fêter le nombre d'années dans l'entreprise, s'étonne le jeune homme. Le sol est en béton brut. Au plafond pendent des câbles sur des rails métalliques. Tout est fait pour que l'impression de chantier demeure, pour rappeler à chacun que rien n'est jamais fini, qu'il faut toujours se remettre en question et ne pas s'endormir sur ses lauriers.

Ils passent maintenant à côté d'un poste de travail qu'O'Brien lui désigne comme celui de Steve. Il est indiscernable au milieu des centaines d'autres. Seule la mythique salle de réunion des dirigeants, baptisée la Cage de Cristal, entièrement vitrée et symbole de la transparence de Phébé, rappelle que le bureau du patron est à proximité. Cela fait combien de temps qu'il n'y a pas mis les pieds, se demande Pierre. Il n'ose pas poser la question à son mentor. Mais tout le monde sait que le fondateur du géant technologique est obsédé par sa sécurité et qu'il n'apparait plus qu'à de très rares occasions dans l'entreprise. Les réunions de travail avec lui se déroulent maintenant par vidéoconférence. Il y intervient de sa maison de Palo Alto, transformée en bunker, et dans laquelle il reste confiné la plupart du temps.

Les deux hommes sont enfin arrivés à la sortie. O'Brien s'engouffre dans une navette autonome, stationnée à proximité, immédiatement suivi de Pierre. Ils se dirigent vers le Campus Sud, à cinq minutes en voiture. Les trois Unités Information, Entertainment et Sécurité y ont été regroupées. Quand ils arrivent à la grille, le jeune homme remarque immédiatement que le nombre de vigiles est bien supérieur à celui recensé à l'entrée du Campus Est. Un bourdonnement continu lui fait lever la tête. Il provient de drones survolant l'espace dans un ballet ininterrompu. L'un d'entre eux se rapproche de la voiture et l'inspecte sous toutes les coutures. Deux gardes ouvrent la portière et examinent l'intérieur de l'habitacle, le coffre et le dessous de caisse sans prononcer un mot. Leur mine n'invite d'ailleurs pas à la conversation. O'Brien est, lui aussi, étrangement silencieux. Il observe les différents contrôles de sécurité, concentré. Lorsque le portail s'ouvre, la navette passe sous un grand portique, à peine dissimulé sous un habillage en bois et un panneau de bienvenue. Nous sommes en train d'être passés aux rayons X, se dit Pierre. Tout cela n'est-il quand même pas un peu exagéré ?

Devant eux, un rond-point dessert trois allées arborées aux immeubles rigoureusement identiques. Le véhicule s'engage à droite et s'arrête au deuxième bâtiment.

— C'est là qu'on descend, *rookie.* Tu es arrivé dans tes quartiers d'hiver. N'oublie pas de saluer *Moneypenny* à l'entrée. C'est ton premier jour. Il faut que tu fasses bonne impression.

O'Brien pénètre dans le hall et se dirige vers l'accueil, suivi par le jeune Français.

— Miss *Moneypenny*, vous êtes très en beauté ce matin. Puis-je vous présenter le jeune Pierre Favre, dont c'est le premier jour parmi nous aujourd'hui. Il va travailler au Département Marketing, sur les fictions. Je compte sur vous pour lui réserver un traitement de choix. Votre massage thaïlandais en déshabillé de soie me parait tout particulièrement indiqué !

Les procès pour harcèlement des années vingt ainsi que les différentes campagnes *#MeToo, #Womenempowerment, #Watchyourballs* n'ont manifestement pas eu raison des blagues graveleuses de O'Brien. L'hôtesse derrière le comptoir semble y être habituée. Elle est rousse, âgée d'une quarantaine d'années, plutôt jolie. Elle répond au patron de l'Information d'une voix qui se veut légère et amusée. Mais le jeune Français y perçoit un léger tremblement d'appréhension.

— Bonjour Monsieur O'Brien. Bienvenu Pierre. Je suis ravie de faire votre connaissance. Je m'appelle Olivia. Je suis à votre disposition. Si vous avez une question, n'hésitez pas. C'est toujours un peu difficile de s'y retrouver ici, surtout les premiers jours…

— Ce n'est pas le moment de draguer, *rookie*, l'interrompt O'Brien. Magne-toi ! On va être en retard ! *Moneypenny*, vous le déniaiserez à un autre moment. Vous aurez tout le temps pour ça : vous le verrez tous les jours. Pour le moment, nous avons rendez-vous.

L'ascenseur, dans lequel les deux hommes entrent, se referme sur l'image d'une hôtesse interloquée… et vaguement soulagée de ne pas avoir à engager plus avant la conversation. Il s'arrête au troisième étage.

— *Rookie*, te voilà arrivé dans la Ruche. C'est un moment important de ta vie. Ici, tout le monde est dédié à une seule grande mission : divertir. C'est la mission la plus noble qui soit. Faire oublier aux gens leur quotidien. Les rendre heureux. C'est ce que nous attendons de cette équipe. C'est ce que nous attendons de toi !

IV

10 janvier 2034, 11 heures.

La Ruche mérite bien son nom. Devant les deux hommes s'étend un gigantesque plateau sur lequel s'agitent des dizaines de personnes. On ne distingue aucun poste de travail bien déterminé, mais des grandes tables partagées par les salariés, une profusion de canapés et de fauteuils soigneusement disséminés et des zones de convivialité autour des distributeurs de boissons. Tout est fait pour ouvrir l'espace, favoriser l'échange, libérer l'esprit. Au mur est affiché le logo de la division : un ruban rouge en forme de R, qui entoure une salamandre, emblème du renouveau permanent, de l'esprit créateur et de l'éternité. O'Brien se dirige d'un pas décidé vers un canapé orange où trône une femme d'une cinquantaine d'années aux cheveux roux frisés et au visage poudré. Elle est entourée d'une cour qui semble littéralement boire ses paroles.

— Beatty, désolé de te déranger. Je voulais te présenter ta dernière recrue, le jeune Pierre Favre, qui nous vient du pays du camembert et des Lumières. Il parait d'ailleurs qu'il en est une… de Lumière ! C'est pour cela qu'on l'a recruté. *Rookie*, viens t'incliner devant Mrs Beatty, la papesse du divertissement…

La reine du groupe jette à peine un œil sur les deux nouveaux venus, leur fait signe de s'asseoir et poursuit son monologue.

— Comme je vous le disais à l'instant, nous venons de connaître un véritable accident industriel avec notre dernière série *Survivors* : 50 millions de vues en moyenne alors que nous y avons dépensé des dizaines de millions de dollars. Et pourquoi, je vous le demande ? Parce que nous avons voulu livrer une réflexion sur l'avenir du monde. La montée des eaux, les ouragans, la pollution ne devaient être là que pour susciter la peur et l'émotion. Nous y avons ajouté des dialogues interminables sur les causes du dérèglement climatique et sur la manière d'y résister. Nous avons transformé un rendez-vous familial en cours sur l'environnement, pour justifier péniblement qu'à la fin, quelques-uns s'en sortent. Notre nombre de rebondissements s'établit à moins de trois par épisode de quarante minutes, alors que nous savons que ce chiffre est la limite basse pour conserver l'attention des spectateurs. Moyennant quoi, l'audience est tombée de cent millions au premier opus à moins de vingt au dernier. Nos annonceurs sont mécontents. Notamment Tesla dont la course poursuite de fin de série avec le cyclone n'a été suivie que par 18 millions de personnes. Comprenez bien. Nous ne sommes pas là pour faire réfléchir les gens. Cela les rend malheureux. Cela les angoisse. Nous sommes là pour les divertir. Bourrez-les d'actions, gorgez-les de revirements de situations, provoquez-leur des éruptions d'adrénaline. Ils auront le sentiment du mouvement et de la vie. Ne les engagez pas sur le chemin de la réflexion et du questionnement. Ils n'y trouveront qu'inquiétude et mélancolie.

Beatty fait une pause pour jauger d'un coup d'œil l'impact de son discours sur son auditoire. Ses quatre comparses, assis autour d'elle, opinent du chef d'un air grave. Seul O'Brien fait mine d'être plongé dans son smartphone.

— Cet échec doit nous servir de leçon. Il faut condenser nos scripts. Le succès de notre fonction de lecture accélérée, mise en place il y a quinze ans, montre que notre utilisateur ne souhaite pas s'embarrasser avec des considérations inutiles et veut éviter toute perte de temps. Ainsi il se protège contre une réflexion trop envahissante qui pourrait le paralyser. A quoi aspire-t-il réellement ? A être heureux. Croyez-vous que nous l'y aidons en lui expliquant pourquoi le niveau des océans monte ? Il monte, c'est tout ! L'essentiel, c'est que ses héros en réchappent à la fin. Et quelle deuxième règle devons-nous alors absolument respecter ? Que ses héros lui ressemblent ! Qu'il puisse s'y identifier ! Ils étaient cinq à survivre : deux femmes, trois hommes, de tous âges, un Noir, une Juive, un Blanc plutôt éduqué, un autre plutôt rustique et une Latino... Mais quelle Latino ? Une actrice guatémaltèque évangélique... alors que plus de 50 % des Latinos sont catholiques et que les Guatémaltèques représentent moins de 2 % de la population hispano-américaine ! Expliquez-moi pourquoi nous n'avons pas pu trouver une actrice mexicaine catholique ? Vous avez vu les commentaires sur cette fille sur les réseaux sociaux ? Un carnage. Le marché est vaste. Nous ne pouvons pas nous permettre d'inquiéter ou de déranger nos minorités. Les plus représentatives doivent pouvoir se reconnaître dans nos personnages et ont le droit de résister à l'apocalypse. Au lieu de respecter cette règle élémentaire, nous avons sacrifié les Mexicains, les Portoricains et les Cubains qui représentent 80 % des Latinos et plus de 15 % des Américains !

Au fur et à mesure du discours de Beatty, l'équipe qui l'entoure s'enfonce de plus en plus profondément dans son siège. On sent qu'ils aimeraient disparaître. Pourtant la voix de leur oratrice ne trahit aucun énervement apparent. Elle débite sur un ton monocorde une démonstration implacable qui n'appelle pas de commentaires. Elle est en train de livrer une vérité que chacun connait et qui n'attend que sa conclusion.

— Nous devons absolument empêcher que de telles erreurs ne se reproduisent. C'est pourquoi, pour notre prochaine superproduction, nous allons mettre en place une série adaptée à chaque public. Il s'agit d'un remake de *la Casa de Papel,* un blockbuster des années dix. Notre intelligence artificielle a analysé les millions de données de lecture de ses spectateurs depuis plus de vingt ans pour dépister les temps morts, les accélérations ou ralentissements de visionnage, les commentaires. Elle les a croisées avec l'appartenance à différents groupes d'individus : Noirs, Latinos, Asiatiques, Blancs progressistes, Blancs conservateurs, jeunes, vieux, hommes, femmes. Puis elle a rapproché l'ensemble de ces éléments de ce que nous connaissons des attentes et goûts de ces communautés pour leur proposer une expérience personnalisée. Nos scénaristes sont prêts à travailler sur sept versions de la série. Toi, Stoneman, qui es un romantique, tu auras accès à la version où les ingénieux cambrioleurs, robins des bois des temps modernes, parviennent à s'en sortir et où le cerveau du casse finit par épouser la commissaire en charge de l'opération, sous le soleil d'une île paradisiaque qui nous aura payé pour la mettre en avant. Beaucoup trop subversif pour Tillerson !

Dans sa version, les policiers arrivent à arrêter la bande de malfaiteurs. Le professeur est tué dans le dernier épisode grâce au tir précis d'une carabine Smith & Wesson, sponsor de cette déclinaison du feuilleton. Quant à Black, elle se réjouira d'apprendre que les motivations du braquage sont essentiellement politiques et visent à redistribuer l'argent à sa communauté noire. Le succès de l'opération sera fêté au cognac Hennessy. Existe-t-il meilleure manière de donner satisfaction au plus grand nombre ? Je ne le crois pas. Notre mission est là : donner du bonheur, éviter les questionnements inutiles, rassurer. Les gens n'aiment pas qu'on les bouscule dans leurs convictions. Ne l'oublions jamais !

Des applaudissements chaleureux saluent la conclusion de Beatty. Elle se lève. Sa petite taille ne l'empêche pas de dominer physiquement comme intellectuellement son auditoire, encore enfoncé dans le canapé. Mais elle n'en a pas fini. Chez Phébé, le discours n'est là que pour précéder l'action.

— Stoneman, tu me prends en charge l'équipe des vingt scénaristes qui travaillent sur le projet et tu veilles à ce qu'ils respectent scrupuleusement les consignes de la data et du marketing. Tillerson, tu mets tes équipes commerciales sur le terrain. Tu peux faire quatre à cinq placements de produits par épisode. Montag, tu t'arranges pour qu'on puisse réutiliser au maximum les décors, les matériels et une partie des rushs entre les différentes déclinaisons. Tu m'optimises tout cela avec l'intelligence artificielle. Black, tu me pousses tes analyses de données au maximum pour me proposer les différents synopsis, ainsi que les bons acteurs et les bons réalisateurs qui s'adaptent au mieux à chaque version. Et toi, jeune homme, comment t'appelles-tu déjà ?

— Favre… Pierre Favre…

— Alors, c'est toi le petit génie des données ? Black m'a beaucoup parlé de toi. Il parait que tu as eu des résultats impressionnants aux tests. Tu tombes bien. On va pouvoir vérifier cela tout de suite avec *la Casa de Papel*. Black, je veux les meilleurs sur cette opération. Tu mets le petit sur le dossier. Tu lui donnes toutes nos analyses passées. Qu'il examine s'il n'y a pas de biais ou d'erreurs. Qu'il nous propose les synopsis. Qu'il valide nos scenarii. Qu'il teste les noms des acteurs et des réalisateurs. Nous ne pouvons plus nous permettre aucune erreur.

Sur ces mots, Beatty tourne les talons, suivie par O'Brien. Pierre se retrouve seul au milieu des quatre chefs d'équipe. Il a reconnu depuis déjà quelque temps Black, la responsable du département marketing, sa supérieure hiérarchique avec qui il avait échangé par vidéo conférence, quelques semaines plus tôt. Stoneman s'occupe de la création, Tillerson du commercial et Montag des opérations. Tous le saluent avec chaleur. Ils forment l'équipe en charge du remake de *la Casa de Papel*, un procédé employé de plus en plus systématiquement par les producteurs audiovisuels. Beatty l'a théorisé un jour, dans une interview à un journal d'Hollywood : « Tout a déjà été inventé en matière de fiction. Si c'est vraiment original, cela a toutes les chances de ne pas marcher ! ». C'est pourquoi l'utilisation de scripts de séries ou de films anciens, modernisés par l'intelligence artificielle, est devenue fréquente. Souvent, ce sont même plusieurs scenarii qui sont mélangés pour aboutir à une nouvelle création. Mais c'est la première fois qu'on demande à la machine de sortir, à partir de la même source, sept déclinaisons de contenus adaptées à des publics différents. Une véritable innovation qui excite grandement les trois hommes de la bande.

— C'est génial cette idée de Beatty ! s'extasie Stoneman. Black, quand peux-tu me transmettre tes analyses et tes projets de synopsis que je mette mes gars dessus ?

— Parce que tu n'as pas de filles dans tes équipes ? le reprend malicieusement Montag. Je croyais pourtant qu'elles étaient majoritaires... Pour autant, inutile de t'affoler ! Il faut d'abord que je communique mes contraintes budgétaires pour qu'on optimise l'utilisation des décors, les réemplois de scènes et le choix des acteurs.

— Optimisation ! Tu n'as que ce mot à la bouche, s'insurge Tillerson. Il faut qu'on mette le paquet sur ce projet. Il faut faire quelque chose de « grand ». Les annonceurs vont nous suivre, c'est sûr ! On leur propose de cibler finement leurs consommateurs et d'adapter notre contenu à leur message. Black, je peux te remonter sous quinze jours les premières marques d'intérêt des clients, pour que vous puissiez intégrer leurs demandes.

— Allons, allons, messieurs... Du calme. Il faut d'abord que nous revoyions tous les jeux de données pour vérifier qu'il n'y a pas de biais et que nous préparions ensuite les premiers synopsis. Ce n'est qu'après que nous pourrons intégrer vos demandes et transmettre une version aboutie aux créatifs. Pierre, tu te sens d'attaque ? C'est une bonne manière d'entrer tout de suite dans le vif du sujet. Je vais te présenter à notre équipe de data analysts pour que tu puisses échanger avec eux, et qu'ils te transmettent toutes nos études réalisées depuis deux ans. Mais il faut nous laisser minimum deux mois pour cadrer le projet.

Les quatre continuent d'argumenter un moment pour finalement s'arrêter sur une nouvelle proposition de Black : le département marketing et data aura six semaines pour établir les sept projets de synopsis, qui seront ensuite retravaillés en fonction des contraintes des opérations et du commercial, avant d'être finalement transmis aux créatifs. La livraison des scenarii et scripts définitifs sera prévue dans cinq mois et le tournage dans six. Pierre n'a pas eu son mot à dire. Il a vite compris qu'il s'agit d'un premier test qu'il doit relever s'il veut faire partie de la Ruche.

— Alors, *rookie*, Black t'a déjà mis sous pression, c'est ça ? Même pas arrivé depuis une heure qu'on te demande de grimper l'Everest ? On peut compter sur elle pour exploiter ses jeunes collaborateurs, pas vrai ?

O'Brien est revenu de son entretien avec Beatty et s'est glissé derrière le jeune Français, comme s'il voulait le protéger. Il lance un clin d'œil appuyé à Black. Elle lui adresse en retour un regard furieux. Elle va manifestement opposer un démenti vigoureux, mais Pierre ne lui en laisse pas le temps.

— Je ne te croyais pas capable d'une telle sollicitude, *coach*. C'est donc que derrière cette carapace se cacherait un cœur ? Ne t'inquiète pas. Je suis capable de me débrouiller. Je n'ai pas besoin d'une nounou. Et s'il faut grimper l'Everest, je suis entraîné.

Les mots du jeune homme laissent ses collègues sans voix. Black est comme pétrifiée. Sa bouche, restée ouverte, et ses yeux écarquillés la font ressembler à un *black moor*, autrement appelé poisson télescope. Tillerson fronce les sourcils en guise de réprobation. Montag et Stoneman regardent ailleurs. O'Brien réfléchit un instant sur sa réponse. La colère se lit sur son visage. Mais il se contente finalement d'esquisser un sourire, à moins qu'il ne s'agisse d'un rictus.

— Si tout va bien, je suis rassuré. *Rookie*, je t'attends samedi chez moi à 19 heures. Je t'envoie mon adresse par messagerie. Ne sois pas en retard. Bon courage à tous.

L'atmosphère ne commence à se détendre que lorsque la porte de l'ascenseur se referme sur le Directeur de l'Information de Phébé.

— Non mais tu sais à qui tu as affaire ? s'exclame Tillerson. Tu es complètement malade. Personne ne parle comme ça à O'Brien. C'est l'un des plus importants responsables du groupe. Il a la confiance totale de Steve.

— J'avoue que tu m'as scié, reprend Montag. Si tu veux rester plus de 48 heures parmi nous, tu aurais quand même intérêt à *mettre de l'eau dans ton vin.* C'est bien comme cela qu'on dit en France ?

— Ce type est fou, conclut Stoneman. Il vient à peine d'arriver, et il veut déjà faire la révolution.

— Allons, allons, messieurs. Un peu de calme ! Concentrons-nous sur l'essentiel : ce que nous avons à faire. Sommes-nous tous bien d'accord sur les échéances ? Je vais transmettre nos données et nos études à Pierre et vérifier avec lui que nous sommes capables d'être prêts dans six semaines.

Black vient de siffler la fin de la récréation. Sa dernière phrase résonne plus comme une marque de politesse que comme une vraie volonté d'associer le jeune homme à la décision sur les délais. Il va devoir délivrer, rapidement. Mais il se sent prêt. La complexité et l'urgence des dossiers ne lui ont jamais fait peur. Il a été formé pour cela. Il repense à la salamandre, symbole de son département. L'animal ne survit-il pas au milieu du feu en trouvant le moyen de se régénérer ? C'est clairement ce qu'on attend de lui.

V

14 janvier 2034, 7 heures.

Pierre se réveille avec la gueule de bois. Cela fait quatre jours qu'il passe sur son ordinateur, à ausculter les données qu'on lui a confiées sur la *Casa de Papel*. Son casque de stimulation crânienne l'a aidé à rester concentré de longues heures. Il s'est immergé dans les paramètres de visionnage de la première version de la série. Il a plongé dans l'océan infini des informations sur les usages, les comportements et les préférences des communautés de Phébé. Il a joué avec les réseaux de neurones et les algorithmes pour percer les secrets les mieux enfouis de la psychologie humaine. Il a confronté ces résultats avec les premières esquisses de scenarii délivrés par la machine, découvrant toute une série de biais qu'il a méthodiquement corrigés. Ce travail d'alchimiste, il l'aime passionnément : donner du sens à ce qui semble être du hasard, trouver des relations au milieu d'éléments hétéroclites, percer les secrets de l'univers. Il est capable de transformer les nuages de données en voûte céleste. Mais ce matin, il a plutôt l'impression de sortir d'une longue phase d'hibernation. Il doit s'aérer la tête. Il enfile un short, chausse ses baskets et part pour un jogging dans les rues de Palo Alto.

Il remonte d'une foulée soutenue Oak Road, puis Bay Road, en direction de Bedwell Bayfront Park. Très vite, il commence à sentir des picotements dans la gorge et une difficulté à respirer. La pollution dans les grandes agglomérations a conduit les autorités sanitaires à déconseiller la course à pied à l'air libre. La plupart des sportifs pratiquent maintenant leur activité en salle. Pierre n'a pas voulu céder à cette contrainte. Il aime la liberté de pouvoir aller où bon lui semble et découvrir de nouveaux endroits au fil de son parcours. Mais ici, plus encore qu'en France, l'effort lui donne le sentiment d'inspirer une multitude de particules fines, qui viennent se nicher, une à une, dans chaque alvéole de ses poumons. Il s'est refusé à acheter le nouveau masque qui vient de sortir pour les joggers. Conçu à l'origine pour les asthmatiques, il filtre l'air et commence à être utilisé par les athlètes en extérieur. Mais quel plaisir, pour jouir de sa liberté, de devoir respirer dans un casque ?

Pierre atteint au bout d'une vingtaine de minutes Bedwell Bayfront Park. Ouvert sur la baie de San Francisco, cet ancien site d'enfouissement est devenu à la fin du vingtième siècle un espace protégé accessible au public. Il est entouré du Don Edwards San Francisco Bay National Wildlife Refuge dans lequel Phébé a injecté, au cours des dernières années, plusieurs millions de dollars pour préserver de nombreuses espèces d'oiseaux. Le résultat n'a malheureusement pas été à la hauteur de l'investissement. La pollution de la baie a eu raison de la faune et d'une bonne partie de la flore. Le ronronnement des drones qui surveillent les lieux a progressivement remplacé le chant des aigrettes.

Le jeune homme foule les sentiers en terre battue du parc. Il est surpris de n'y croiser personne, pas même un promeneur avec son chien. Lorsqu'il arrive à la mer, il s'aperçoit que les premiers rayons du soleil ne parviennent pas à percer la brume installée sur l'océan. Ils se contentent de jeter une lumière pale sur des paysages désolés de sables et de marais. On ne distingue aucune âme qui vive à l'horizon. Le vent a commencé à se lever et s'engouffre à l'intérieur du tee-shirt baigné de sueur du joggeur. Les gouttes de transpiration sur son front se transforment en autant de piqûres de gel. Il pourrait encore faire plusieurs kilomètres, mais le froid et l'atmosphère le conduisent à rebrousser chemin, plus rapidement qu'il ne l'avait envisagé.

La douche brûlante ne parvient pas à dissiper l'impression de crasse qu'il ressent sur tout son corps : les particules fines ne se sont pas contentées d'envahir ses poumons, elles ont également pénétré chaque pore de sa peau. Quand il sort de la salle de bain, il constate rapidement que l'effort n'a pas été suffisant pour dissiper la sourde angoisse qui s'est emparée de lui depuis son arrivée chez Phébé. Sacha lui propose bien le dernier jeu vidéo à la mode ou une série à succès pour le détendre. Mais Pierre préfère aller faire un tour à San Francisco en attendant son diner, ce soir, chez O'Brien. Son assistante virtuelle lui commande un Uber autonome, qui le récupère en bas de chez lui et le conduit à Dumbarton Station. De là, il prend une navette pour rejoindre la ligne Hyperloop. Steve a réussi à imposer, il y a trois ans, qu'un train à grande vitesse sur trois s'arrête à proximité du siège social de son entreprise.

*

L'intérieur des capsules ressemble à l'habitacle d'une navette spatiale : l'espace est réduit, une allée étroite sépare deux rangées de sièges blancs volumineux, des néons au plafond et sur les côtés jettent sur la cabine des halos de lumière crue. Pierre s'installe dans un fauteuil et boucle sa ceinture. Une vidéo lui souhaite la bienvenue et annonce le départ comme imminent. Aucun bruit ne trahit le démarrage. Les coussins d'air suppriment tous frottements. En revanche, l'accélération progressive plaque le jeune homme en arrière. Il se sent s'enfoncer dans la matière absorbante de son siège. La pression exercée en continu, jusqu'à ce que le train atteigne sa vitesse de croisière à 1200 km/heure, est à la limite du supportable. Il arrive à reprendre son souffle au bout de deux, trois, cinq minutes, qui lui paraissent interminables. Mais il n'a pas le temps de s'en réjouir. Le freinage à l'arrivée à San Francisco applique à son corps une force opposée et tout aussi intense à celle qu'il vient de subir un instant plus tôt. La capsule s'immobilise au bout d'un long moment. Il sort d'un pas chancelant. Lorsqu'il jette un coup d'œil à sa montre, il s'aperçoit que cela fait à peine une douzaine de minutes qu'il est parti de son point de départ. Il est maintenant en plein cœur de San Francisco, pas très loin de Chinatown. Un léger brouillard enveloppe les rues de la ville.

Pierre est d'abord surpris par la saleté qui règne aux abords de la gare : des détritus jonchent le sol et une odeur rance s'échappe des poubelles qui n'ont pas été vidées depuis plusieurs jours. Sur le square qu'il traverse, des gamins d'une dizaine d'années, tous d'origine hispanique, improvisent une partie de football avec une boîte de conserve. Il se demande ce qu'ils font ici et pourquoi ils ne sont pas à l'école. La mère de l'un d'entre eux, assise un peu plus loin sur l'escalier d'un immeuble en train de fumer, les apostrophe dans une langue indéterminée, probablement pour se plaindre du bruit. Sans beaucoup d'efficacité. Celui qui semble être son fils accélère, dribble son adversaire et lâche un tir puissant, clouant sur place le gardien. Le son de la ferraille qui rebondit résonne encore plusieurs secondes après les hurlements de joie des vainqueurs. La beauté du geste comme le tintamarre qu'il a produit ne déclenche aucune réaction chez la spectatrice de la scène. Elle reste plantée sur ses marches, l'œil impavide. Il faut dire que son poids – supérieur à un quintal certainement – ne facilite pas ses mouvements. Pas plus que mélange de tabac de mauvaise qualité et de cannabis que le jeune Français respire en passant à proximité d'elle. Aux Etats-Unis, la proportion d'obèses chez les adultes a progressé de façon linéaire depuis la fin du siècle dernier : de 20 % en 1997, elle a grimpé à 40 % en 2017 pour s'établir à presque 60 % en 2033. Les enfants sont déjà plus de 40 % à être touchés. Mais quand Pierre regarde autour de lui, il reverrait bien les statistiques à la hausse. Les gens qu'il croise dans ce quartier présentent quasiment tous les caractéristiques du surpoids, souvent de façon sévère. On est bien loin de Palo Alto où la plupart des habitants ont un abonnement dans une salle de sport et mangent bio.

Le son de sirènes envahit maintenant l'espace et couvre le bruit des enfants. Des voitures de police privée patrouillent dans les rues et rappellent de façon ostentatoire leur présence. La ville a délégué, il y a six ans, la quasi-totalité de ses missions de sécurité à de grosses compagnies, filiales des Titans. Elles ont installé des caméras de surveillance à chaque bloc d'immeubles, soit plus de 200.000 au total pour contrôler les allées et venues d'un million de San Franciscains. Depuis, la criminalité a fortement reculé, selon les statistiques officielles. Mais les contrôles se sont multipliés. On arrive même à arrêter des criminels avant qu'ils ne passent à l'acte, sur la foi de comportements suspects et du croisement de données. « La puissance de la data est infinie, pense Pierre. Il faut quand même une règlementation vigilante pour éviter les abus ». A ses côtés, une voiture, sirène hurlante, vient de s'arrêter. Les deux hommes d'origine sud-américaine qui en descendent, toisent un jeune Noir, égaré dans ce quartier latino, et lui demandent sèchement ses papiers.

Le jeune Français hâte le pas. Il pénètre dans Chinatown. Les frontières sont invisibles. Mais il remarque que dans la rue qui sépare les deux secteurs, les Hispaniques se pressent sur le trottoir de droite, quand les Asiatiques circulent sur celui de gauche. De part et d'autre, des agents de sécurité, plus nombreux en proportion, et des drones surveillent les allées et venues. La tension est palpable. Depuis le milieu des années vingt, les Chinois sont érigés en ennemis de la nation. Les frontières ont été fermées à une grande partie de leurs produits, obligeant de nombreuses entreprises à réorienter leur sous-traitance vers l'Inde ou l'Afrique. Les visas ne sont délivrés qu'au compte-goutte à leurs ressortissants. Et les immigrés, parfois installés sur le sol américain depuis la fin du XIXe siècle, sont à peine tolérés. La propagande de haine qui s'est déversée sur les réseaux sociaux depuis une dizaine d'années a provoqué de nombreux incidents. De façon régulière, des groupes de suprématistes blancs ou hispaniques organisent des « expéditions punitives » dans les quartiers asiatiques de chaque ville. La relative impunité dont ils semblent jouir de la part des forces de l'ordre a conduit la population chinoise à rentrer en masse dans son pays d'origine. De nombreuses échoppes sont fermées, et les façades de couleurs vives des immeubles commencent à se lézarder. « Quelle différence avec le Chinatown d'il y a quinze ans », s'étonne Pierre. Il avait visité San Francisco avec ses parents et sa petite sœur lorsqu'il était encore collégien. Il avait adoré cette ville ouverte, cosmopolite, tolérante, où se fréquentaient toutes les communautés. On est bien loin de tout cela aujourd'hui !

En remontant vers Jackson Square, il retrouve progressivement ses marques. Il s'arrête prendre une salade et un jus de fruits vitaminé dans un Prêt-à-Manger sur Battery Street, puis s'installe dans un café de Pier 39. La vue sur Fishermans Wharf et sur le Golden Gate Bridge, perdu dans la brume, n'a fort heureusement pas changé. « C'est rassurant ! », pense-t-il, en commençant à se plonger dans son smartphone pour y lire ses mails et ses notifications : une demi-douzaine de messages de Black et de ses équipes lui demandant des explications complémentaires sur ses travaux de la semaine, un WhatsApp de sa petite sœur, marqué d'un emoji du signe du démon, trois alertes du Washington Post, du Monde et du Wall Street Journal… Rien d'urgent qui ne puisse attendre le soir. Il relève la tête de son appareil quand une jolie jeune fille brune, les cheveux courts, le visage pâle, s'assoit à sa table.

— Je peux ?

— Je crois que vous n'avez pas attendu ma réponse pour vous installer, répond Pierre avec le sourire.

— En effet. Mais vous étiez seul à admirer la baie. Moi aussi. Je me suis dit que ce serait plus sympa de le faire à deux. Je m'appelle Julia. Je suis estonienne.

— Moi c'est Pierre. Je suis français.

— Je me disais bien que vous ne ressembliez pas à un Américain. Un Américain ne s'arrête pas à admirer le Golden Gate Bridge en prenant un café serré.

— Bien vu. Vous êtes détective ?

— Mieux que ça ! *Data analyst.*

— Incroyable ! Moi aussi. Vous bossez chez qui ?

— Chez Cronos.

— Et moi chez Phébé. Quelle curieuse coïncidence !

— En effet. Pour une coïncidence, c'est une coïncidence. Qu'est-ce qui t'a amené chez eux ?

— Oh c'est une longue histoire. Les équipes de Phébé m'ont repéré lors de mes études supérieures. Au départ, je n'ai pas voulu céder à leurs sirènes. J'ai créé ma boite de production audiovisuelle en France. Mais je me suis vite rendu compte que sans l'appui des Majors, je n'y arriverais pas. Ils m'ont sorti d'un mauvais pas et m'ont recruté dans leur unité Entertainment. Leur proposition financière était difficilement refusable.

— Ils savent toujours trouver les bons arguments. Et tu t'y plais ?

— C'est encore un peu tôt pour le dire. C'est rude, exigeant. Mais j'ai été formé à cela. Et toi ?

— Mon histoire est assez semblable. Cronos m'a proposé d'intégrer son Département Santé à la fin de mes études à l'Imperial College de Londres. Je venais d'y suivre deux masters, l'un en psychologie cognitive, l'autre en intelligence artificielle. Une double compétence assez rare, à ce qu'il paraît. Ils m'ont convaincu de les rejoindre en m'offrant des perspectives intéressantes en matière de recherches et un salaire phénoménal. Mon job consiste à analyser les données du cerveau humain et à essayer de reproduire son fonctionnement.

— Passionnant !

— ... Si on peut dire... Cela permet de mieux comprendre nos comportements. De les anticiper parfois.

Les deux jeunes gens poursuivent leur conversation sur des sujets plus légers : leurs goûts cinématographiques, sportifs, leurs villes d'origine. Pour la première fois depuis qu'il est arrivé, Pierre se relâche complètement. Il est fasciné par l'intelligence de la jeune fille. Il aime son caractère décidé et son franc-parler.

— Tu habites où ? demande-t-il à Julia.

— A Los Altos, pas très loin du siège de Cronos.

— Tu vis seule ?

— Oui, je suis arrivée il y a trois ans. Je bosse beaucoup. Et il est difficile de se faire des vrais amis ici. Chacun a sa vie. Pour faire des rencontres, il faut se mettre sur Linx, Bumble ou Tinder. Pas trop mon truc.

— On pourrait peut-être se revoir ? Los Altos n'est pas si loin de Palo Alto.

— Oui, bien sûr. Ce serait une bonne idée. On va s'échanger nos coordonnées. Mais tout d'abord, laisse-moi passer aux toilettes...

La jeune fille prend son sac et son manteau et disparait dans le couloir derrière le comptoir. Pierre reste à contempler la baie. Le brouillard commence à se dissiper peu à peu. On aperçoit progressivement la base des pylônes du Golden Gate Bridge. Le soleil tente une timide apparition. « C'est finalement une belle journée », songe Pierre. « Qui aurait pu prévoir ce matin que je rencontre une fille aussi charmante ? ». Il est terriblement attiré par elle. Physiquement, d'abord. Ses yeux bruns profonds, son visage pale, ses pommettes fines, son sourire éclatant, sa coupe à la garçonne et cette légère pointe d'accent lui donnent un charme fou. Et puis son caractère bien trempé, son indépendance d'esprit, son goût pour la culture, sont des qualités devenues si rares qu'il ne va pas la laisser s'échapper.

Il regarde sa montre connectée. Une notification lui rappelle son diner ce soir chez O'Brien et l'horaire du dernier train qu'il doit prendre à San Francisco s'il ne veut pas être en retard. C'est dans moins d'une heure maintenant. Julia a quitté sa table depuis plus de dix minutes. Pierre part à sa recherche. Il espère qu'elle ne s'est pas trouvée mal. Il l'appelle dans le couloir des toilettes, d'une voix timide d'abord, puis plus insistante. N'obtenant aucune réponse, il ouvre la porte. Il essuie le regard courroucé d'une vieille femme en train de se laver les mains. Il n'en a que faire. Il se précipite à l'intérieur, hurlant le nom de la jeune fille. Sans succès. Les deux cabines sont vides. Les sanitaires masculins ne lui délivrent pas plus d'informations. Il inspecte la salle du bar de fond en comble, interroge les serveurs, vérifie les alentours. Il doit bien se rendre à l'évidence : Julia a disparu en ne laissant aucune trace.

VI

14 janvier 2034, 19 heures.

Lorsque Pierre arrive à la grille de la propriété de O'Brien, il est 19 heures tapantes. Il aborde cette soirée avec anxiété : sa journée a été particulièrement éprouvante et il n'a pu détacher jusqu'à maintenant ses pensées de Julia. Le visage de la jeune fille l'obsède. Ses traits fins, ses yeux bruns, sa peau claire reviennent en permanence à sa mémoire avec cette question lancinante : pourquoi s'est-elle ainsi évaporée ? Qu'a-t-il bien pu lui arriver ? Dans ce contexte, il n'a aucune envie de faire la conversation et de subir une nouvelle fois les moqueries de son mentor. L'esprit de résistance dont il a fait preuve jusqu'ici n'a abouti qu'à des successions de confrontations pesantes avec lui. Leur paroxysme a probablement été atteint mardi, quand il l'a moqué devant Black et une partie de l'équipe. Lui a-t-il pardonné ? Dans tous les cas, le Français ne se sent pas la force, ce soir, d'ajouter un épisode supplémentaire à la série. Il dépose les armes avant même le combat. Si O'Brien veut l'humilier, qu'il le fasse ! Il ne résistera pas. Il est trop fatigué psychologiquement pour cela.

Le jeune homme inspire profondément pour se donner du courage et appuie sur le bouton de l'interphone. La sonnerie déclenche le ballet des caméras de sécurité mais également des aboiements furieux à l'intérieur du jardin. Un sentiment de panique envahit Pierre. Il est effrayé depuis son plus jeune âge par les chiens : il a été mordu à cinq ans par un berger allemand et il en conserve une terreur incontrôlable. Il entend au loin son hôte rappeler ses bêtes et lui demander d'entrer. Il ose à peine pousser la grille et avancer lentement dans la longue allée bordée de cyprès menant à une vaste demeure. Son cœur bat la chamade. O'Brien l'attend sur sa terrasse, trois chiens-loups gigantesques à ses pieds.

— Avance. C'est par ici. N'aie pas peur. Ils sont très obéissants. Tu ne crains rien.

En guise de démonstration, le maître des lieux émet un sifflement sec entre ses dents et fait disparaître ses molosses à l'intérieur de la maison en une fraction de seconde. Son invité avance timidement jusqu'au bas de l'escalier.

— Comment vas-tu, Pierre ? Nous sommes très heureux de te recevoir ce soir.

Le jeune homme a du mal à se calmer. Son pouls bat à une fréquence telle, qu'il entend l'afflux et le reflux de son sang dans ses tympans. Il perçoit pourtant que son mentor l'a appelé pour la première fois par son prénom depuis son arrivée chez Phébé. Même sa voix a perdu la morgue affichée lors de leurs derniers entretiens pour retrouver la chaleur et le velours du premier jour. Il affiche un large sourire. Ses bras sont ouverts en guise de bienvenue. Derrière lui s'alignent, en une fraction de seconde, cinq enfants, tous blonds aux yeux bleus, qui paraissent avoir entre deux et huit ans. Leur ressemblance quasi-parfaite interpelle Pierre. Une femme d'une quarantaine d'années, également blonde aux yeux bleus, les suit, un torchon à la main.

— Pierre, laisse-moi te présenter Carla, ma femme, et Marc, Claudia, Jules, Olivia et Octave, nos enfants. Quand je te disais qu'on aimait la France… Même les prénoms de nos gosses sont français… Et attends de goûter *le bœuf bourguignon* de Carla. Tu m'en diras des nouvelles.

Pierre tend timidement la main vers son hôtesse. Celle-ci préfère l'embrasser chaleureusement. Les enfants se rangent par ordre de taille autour de l'invité pour attendre et donner un baiser, avant de disparaître aussi rapidement qu'ils sont apparus.

— Entre, Pierre. Mets-toi à l'aise. Qu'est-ce que je te serre à boire ? Whisky ? Cognac ?

La journée a été assez difficile pour qu'il ne refuse pas un verre de whisky, que O'Brien lui sert bien tassé. Les chiens semblent avoir définitivement disparu. Ils s'installent tous les deux dans les fauteuils du living room. La pièce est immense. Ses baies vitrées offrent une vue panoramique sur le jardin. Au-dessus de leurs têtes, un plafond-cathédrale permet à une coursive de desservir plusieurs pièces. Rien que le canapé d'angle qui leur fait face doit mesurer au moins cinq mètres sur trois. Deux écrans géants, sur chacun des murs latéraux, affichent des flashs d'informations en continu. Est-ce l'alcool ou la douce chaleur diffusée par l'insert ? Pierre sent progressivement son appréhension le quitter.

— C'est magnifique ici !

— Oui. C'est une maison agréable. Nous l'avons fait bâtir il y a une dizaine d'années. Et tu ne peux pas voir le jardin de

4000 m^2 car il fait nuit. Mais c'est un vrai paradis. Nous l'avons entièrement réaménagé.

— Cela ne doit pas être facile de trouver des terrains libres aussi grands dans ce secteur.

O'Brien sourit de la naïveté de son jeune interlocuteur, tout en lui resservant un verre.

— Détrompe-toi. Ils n'étaient pas libres. Nous avons été obligés d'acheter deux propriétés qui se jouxtaient, de rassembler les parcelles, de raser les deux habitations, et de reconstruire… Je lis sur ton visage ce que tu es en train de te dire : cela a dû coûter une fortune. Tu n'as même pas idée ! Mais c'est la rançon du succès. Quand tu réussis dans ton travail, Phébé te le rend avec les intérêts. Elle est généreuse avec ceux qui la servent bien. Toi aussi, Pierre, tu pourras avoir une maison comme cela d'ici cinq à six ans.

— C'est impossible en aussi peu de temps !

— Ne crois pas cela. Tu as un énorme potentiel. Nous le savons. Travaille avec foi et passion, sans te poser de questions. Et tu seras surpris par notre capacité à te faire progresser et à te récompenser.

Pierre est maintenant complètement détendu. Il se prend à rêver d'avoir un aussi bel intérieur dans quelques années, d'aussi beaux enfants, une aussi belle femme… Cette idée le ramène à Julia. Pourquoi s'est-elle enfuie ainsi ? Cette question n'a cessé de l'obséder depuis le milieu de l'après-midi, sans qu'il puisse lui trouver la moindre réponse sensée. Pourquoi l'a-t-elle abordé aussi directement pour ensuite le laisser tomber ? Elle doit être un peu perturbée, c'est la seule explication logique ! Pourtant, elle paraissait saine d'esprit quand ils ont discuté ensemble. Le jeune homme vide d'un trait son deuxième verre. La maîtresse de maison réapparait par la porte de la cuisine pour leur proposer de passer à table.

— Pierre, veux-tu bien t'installer entre nous ? lui propose-t-elle, en lui désignant le bout d'une table gigantesque sur laquelle sont placés trois couverts. Nous te recevons *à la bonne franquette* : *quiche lorraine* en entrée, *bœuf bourguignon* en plat principal et *île flottante* en dessert...

— ... le tout arrosé d'un superbe Vosne-Romanée 2028 ! complète O'Brien.

— C'est beaucoup trop ! Je ne sais pas quoi dire..., bafouille le jeune homme.

— Profite et ne te pose aucune question. Dis-toi que tout ce qui t'arrive dans la vie, en bien ou en mal, tu l'as mérité. C'est ton travail qui t'a amené jusque-là. Et tu n'es qu'au début du chemin. Le monde t'appartient si tu veux bien t'en donner la peine !

— Je suis heureux de t'avoir comme mentor, Tim. Ta réussite est un modèle. Tu as une très jolie maison, et une très jolie famille... Tes enfants sont beaux et bien élevés...

Le Vosne-Romanée a eu définitivement raison des dernières résistances de Pierre. Il se sent bien. Il est conquis par ses hôtes. C'est à une vie comme celle-là qu'il aspire. Il en est sûr maintenant. Il s'est longtemps demandé pourquoi il travaillait autant. Pendant ses concours d'abord, quand il passait de longues nuits à réviser, alors que ses amis de lycées faisaient la fête. Quand il créait sa société et qu'il occupait, faute de moyens, tous les postes du commercial à la logistique, du marketing à l'administratif. Et cette semaine encore, quand il planchait quinze heures sur vingt-quatre pour Black. Mais maintenant il a sa réponse… sous ses yeux : IL VEUT FAIRE COMME O'Brien ! IL VEUT ETRE O'Brien ! Le directeur de son école ne leur avait-t-il pas dit, quand il les a accueillis pour leur premier jour dans le grand amphithéâtre, qu'à partir de cet instant, ils appartenaient à l'élite et qu'ils pouvaient rêver en grand ? Eh bien, Pierre veut rêver en grand ! Et il va s'en donner les moyens !

Carla O'Brien esquisse un léger sourire, tout en rougissant devant le compliment spontané du jeune homme sur sa famille.

— Merci Pierre. C'est très gentil. Nous allons d'ailleurs être bientôt plus nombreux. Nous attendons un sixième enfant. Une petite fille. C'est pour le mois prochain. Nous sommes ravis.

Les lardons de la quiche lorraine manquent de rester coincés dans le gosier du Français. Un sixième enfant ? Mais son hôtesse ne donne aucun signe d'être enceinte. Surtout pas de huit mois. Sa robe épouse une taille parfaitement fine qui ne peut dissimuler un nouveau rejeton.

— Vous adoptez ? Mais c'est formidable.

Le couple échange un regard complice sans arriver à dissimuler un sourire devant la naïveté confondante de leur convive.

— Tu sais, Pierre. De nos jours, on peut attendre un bébé sans le porter. Pourquoi devrais-je déformer mon corps et prendre des risques sur la santé de ma fille quand on peut prélever mes ovocytes, les féconder avec le sperme de mon mari, tester les embryons, sélectionner le meilleur et l'implanter chez une mère porteuse qui a besoin de cela pour vivre ? Chacun de mes enfants a été choisi, au sens propre du terme : qu'il s'agisse de sa résistance aux maladies, de son sexe, de la couleur de ses cheveux ou de ses yeux... Il a été à chaque fois le meilleur et celui qui correspondait le mieux à nos attentes parmi une dizaine de possibilités.

— Nous avons maintenant la chance de pouvoir limiter la part de l'aléa dans nos vies, reprend O'Brien. Il ne faut pas se priver de cette possibilité. Obtenir un maximum de données, les analyser, trancher en conséquence : voilà comment nous devons agir. Imagines-tu, si nous pouvions généraliser cette pratique à toutes les procréations, combien nous pourrions réduire à néant les handicaps, diminuer les maladies, éviter tant de souffrances ? Sans parler des économies sur l'assurance santé. Et cela vaut dans tous les domaines. La data nous permet de limiter nos erreurs d'appréciation et de parvenir à un modèle de gestion optimisé où la probabilité remplace le hasard. Quel risque acceptons-nous ? 50 %, 30 %, 10 %, 1 % ? A chacun d'entre nous de répondre, selon les sujets. Mais nous pouvons le faire en toute connaissance de cause. N'est-ce pas cela la vraie liberté ?

Le bœuf bourguignon, qui dégage un délicieux fumet dans son assiette, et le deuxième verre de vin servi par O'Brien empêche Pierre de se concentrer.

— Ce n'est quand même pas accessible à tout le monde ! ose-t-il, d'une voix mal assurée.

— C'est vrai. Une fécondation in vitro coûte 20.000 USD. Une mère porteuse 15.000. Ce n'est pas à portée de toutes les bourses. Certains ont fait le choix de vivre en « prolétaires » et depuis de nombreuses générations. Ils préfèrent rester chez eux, s'abrutir devant des jeux vidéo et manger du poulet reconstitué. Ils n'envoient même plus leurs enfants à l'école et se contentent du revenu minimum. Ils deviennent une race inutile qui va bientôt disparaître : leur taux de fécondité a été divisé par deux depuis vingt ans ; ils ne font même plus l'amour, ils préfèrent la pornographie ; et leur espérance de vie ne cesse de diminuer sous l'effet de la drogue et de la malbouffe.

— Mais c'est injuste ! s'insurge timidement le jeune homme, l'esprit embrumé.

— Non ce n'est pas injuste, car les meilleurs peuvent s'en sortir. Notre système est tellement performant que nous repérons rapidement ceux qui ont un talent particulier, qu'il soit intellectuel, sportif ou physique. Nous les tirons de leur milieu, nous les prenons en main et nous les faisons grandir. Nous leur donnons un maximum de visibilité. Ils deviennent des icônes pour leurs pairs et entretiennent le rêve. C'est important de rêver pour ces populations. Cela évite qu'ils se révoltent. Pourquoi crois-tu que la téléréalité se soit autant développée ces dernières années ? Pour la même raison. Cette fois, il ne s'agit pas de talent mais de représentativité. Chaque prolo doit pouvoir se dire, en regardant ces émissions, « moi aussi, je pourrais être là ! ». Ainsi, il adhère au système.

— Et pour ceux qui n'adhèrent pas ?

— Ils sont, Dieu merci, de plus en plus rares. Leurs enfants naissent dans cet environnement. Ils ne connaissent rien d'autre. Ils quittent l'école publique de plus en plus tôt, souvent vers 12 ou 14 ans. Ils n'y ont d'ailleurs pas appris grand-chose : les budgets n'ont cessé d'être révisés à la baisse depuis deux décennies. Leur éducation, ils la font essentiellement devant nos programmes. Et pour ceux qui ne se laisseraient pas convaincre, nous avons deux manières de les faire rentrer dans le rang : la perte du revenu minimum et notre police privée. Au moindre écart de conduite, leurs allocations sont coupées. Cela les fait réfléchir. Et si ce n'est pas suffisant, notre régime d'incarcération préventive est là pour les dissuader de prendre le risque d'une peine plus longue. Tout le système est basé sur ce triptyque puissant : information, divertissement, sécurité. Il assure un équilibre qui nous permet de prospérer dans un monde dangereux.

La maîtresse de maison vient d'apporter les îles flottantes. Son mari ressert pour la troisième fois, à moins qu'il ne s'agisse de la quatrième, un verre de Vosne-Romanée à Pierre. Il n'y a pas que les blancs en neige qui dansent dans la coupelle du jeune homme. Ses yeux ont de plus en plus de mal à fixer un point stable. O'Brien en profite pour pousser son avantage.

— Regardez-vous en Europe. Vous passez votre temps à vous disputer entre vous. Vous n'êtes pas capables de vous entendre sur le moindre sujet, qu'il s'agisse de fiscalité, de politique budgétaire, d'immigration. Votre économie est moribonde. Vos pays oscillent entre démocrature et anarchie. S'ils ne se soumettent pas à un pouvoir autoritaire, ils basculent dans les grèves à répétition, les manifestations de rue et les changements permanents de gouvernements. Nous, nous assurons la stabilité et le bonheur de notre peuple. Nous savons très précisément ce qu'il veut, et nous le lui donnons. Cela garantit l'équilibre du système et la prospérité économique. Cela nous protège de nos ennemis également. Car ils sont beaucoup à vouloir détruire notre modèle de société. Les Chinois y dépensent des sommes folles. Mais ils ne sont pas les seuls. Nos pays occidentaux engendrent une vermine anarchiste qui ne rêve que de renverser ce subtil édifice. Pour quel dessein ? Le retour à l'obscurantisme ou le chaos. Nous ne pouvons pas les laisser faire. C'est pourquoi il faut tout contrôler et les empêcher de s'engouffrer dans la moindre brèche. Nous sommes forts mais nous ne devons jamais cesser de vouloir être plus forts. Pour défendre notre modèle qui est le meilleur pour l'humanité. Tu comprends, Pierre ?

Le jeune homme ne sait pas vraiment. Il se laisse bercer par la voix de O'Brien. Il acquiesce quand on lui demande d'acquiescer, fronce les sourcils quand on lui parle de Chinois ou d'anarchistes, mais la vérité est que son esprit est embrumé, incapable de se concentrer. Quand ses hôtes le raccompagnent à la porte, il entend qu'on compte sur lui pour prendre des initiatives, se dépasser et veiller à toujours agir dans l'intérêt de Phébé. Quand il prend congé, on lui promet une juste récompense pour son investissement. Il remercie mécaniquement pour la soirée. Son cerveau commande avec difficulté ses mots et ses mouvements. Avant qu'il ne descende l'escalier de la terrasse pour rejoindre le Uber autonome qui l'attend devant la grille, il entend son mentor lui donner un dernier conseil.

— Ah, *rookie*. J'ai oublié. Tu ne devrais pas te balader dans Bedwell Bayfront Park ou traverser seul Chinatown. C'est dangereux !

Les brumes de son cerveau se déchirent soudain, comme frappées par un éclair : mais comment O'Brien connaissait-il son emploi du temps de la journée ?

Au loin, les chiens lui adressent une dernière salve d'aboiements.

DEUXIÈME PARTIE

VII

28 février 2034, 9 heures.

Cela fait maintenant plus de six semaines que Pierre est arrivé chez Phébé. Depuis ce jour où il a franchi la grille de son nouvel employeur, il n'a que très rarement quitté son écran d'ordinateur. Celui-ci est devenu son univers, où il aime plonger à la recherche de secrets sur les constellations d'individus qu'il étudie. Il a passé des dizaines d'heures à analyser les données en sa possession et préparer les sept synopsis détaillés de *la Casa de Papel.* Il a testé de nombreuses hypothèses de noms d'acteurs auprès d'échantillons représentatifs de consommateurs. Il a étudié avec attention les différentes équipes de réalisateurs possibles et choisi celles qui lui paraissaient les plus adaptées au projet. Il a transmis au fur et à mesure ses conclusions à Black. Hier, il lui a remis son rapport final, accompagné d'un résumé en trente slides de ses principales recommandations. Et ce matin, il assiste au comité de pilotage qui doit valider définitivement ses orientations.

A sa gauche, Tillerson, Montag et Stoneman sont plongés dans la lecture de son document. Ils l'ont à peine salué à leur arrivée. Sa responsable n'a guère été plus chaleureuse. Elle s'est installée à droite, le plus loin possible, comme pour mieux se désolidariser. La place en face de lui a été conservée pour la directrice du département. Il a déjà branché son ordinateur à l'écran géant et préparé sa présentation de trente slides. Mais il dispose en recours des centaines de pages et d'études pour justifier ses propositions. Il est serein. Il sait que sur le terrain de l'analyse des données, personne n'arrivera à le coincer. Il attend de pied ferme ses contradicteurs. Même Beatty.

Celle-ci fait son entrée à 9 heures 02, magistrale. Elle toise d'un regard l'assemblée. Chacun, à cet instant, semble se recroqueviller sur sa chaise. Pierre est debout. Cela lui donne un avantage sur les autres participants. Cette femme de 1,60 mètre les domine tous. Elle arbore une robe d'un rouge intense. Une épaisse couche de poudre blanche dissimule mal un visage rubicond, duquel émergent deux yeux perçants et sévères.

— Bien Madame, Messieurs, ne perdons pas de temps. Vous avez tous lu le rapport de notre jeune ami. Qu'en pensez-vous ? Sommes-nous prêts ?

— Je pense qu'on devrait encore travailler le synopsis écrit pour la communauté noire, se lâche Tillerson, après un instant d'hésitation. Les Blancs y jouent un rôle beaucoup trop négatif. Je veux bien que dans cette option, nos robins des bois de couleur soient particulièrement malins. Mais on ne peut quand même pas faire passer tous les flics blancs pour des tarés !

— Cela changera des représentations habituelles, marmonne Black, en haussant les épaules.

— Mon cher Tillerson, cette remarque me parait empreinte d'une certaine subjectivité, ajoute Montag avec un sourire narquois. Je te conseille d'ailleurs de ne donner ton avis que sur le synopsis réservé aux Blancs conservateurs. Cela me parait plus approprié. En revanche, pour formuler une remarque plus objective, il me semble inconcevable de confier l'un des seconds rôles de la série version Latinos à une star de téléréalité. Elle n'est pas actrice. On ne peut pas prendre ce risque.

Tillerson et Pierre s'apprêtent à répondre à chacune de ces remarques, quand Beatty interrompt l'échange brutalement.

— Décidément, vous ne comprenez rien. C'est au contraire une idée géniale. Vous avez vu le taux de notoriété de cette fille auprès de la communauté hispanique. Elle a plus de 100 millions d'abonnés sur les réseaux sociaux. Elle va faire le buzz. On pourra même suivre ses répétitions sur Instagram et se faire de la publicité gratuite.

— Oui, mais si elle est incapable d'apprendre un texte ou de jouer une scène, insiste Montag.

— Cela n'a aucune importance. Nous avons suffisamment de moyens technologiques maintenant pour doubler sa voix par une vraie actrice sans que personne ne s'en rende compte. Et le morphing nous permettra d'animer son visage pour le rendre plus expressif. L'essentiel, c'est que des millions de gens dans le monde s'identifient à elle. Et au niveau placement produits, on ne peut pas trouver mieux. Tous ses annonceurs nous suivront, n'est-ce pas Tillerson ?

— Très certainement, Beatty.

— Madame, Messieurs, le travail du jeune Pierre est excellent. Et il est excellent parce qu'il est objectif. Pas de jugement, pas d'intuition. Une démonstration. A partir de données. Nous sommes en train de dépasser la notion du « beau » et de « l'universel », cette folie des hommes de vouloir réaliser des œuvres qui plaisent à tous ! Elle a obsédé tant d'artistes depuis tant de siècles. Quelle quête stupide et vaine ! Quelle prétention ! Comme si un seul chemin menait au bonheur esthétique, émotionnel, intellectuel. Eh bien, non ! Nous devons être contre cette dictature de la pensée. Le chemin est différent pour chacun. A nous de fournir à nos spectateurs le plaisir qui leur convient.

— Est-ce à dire que nous reprenons les recommandations de Pierre sans aucun changement ? interroge Black.

— Mais vous ne comprenez décidément pas. Il ne peut y avoir aucun changement puisque ce travail a été fait méthodiquement, scientifiquement. Chaque proposition est soigneusement justifiée et testée. Sauf à remettre en cause la rigueur du raisonnement de notre jeune ami ou la puissance de nos algorithmes, nous perdons notre temps à en discuter plus longtemps. Stoneman, vous me déclinez donc chacun de ces synopsis en autant de scenarii en respectant bien l'esprit. Montag, vous optimisez les équipes de tournage, les décors, les moyens techniques, et vous me réservez les acteurs. Tillerson, vous me verrouillez les contrats de partenariat ; vous en profitez pour augmenter les prix de 50 % mais sur un engagement de 100 millions de vues par épisode.

— Mais..., proteste Tillerson.

— Il n'y a pas de mais qui tienne. J'ai confiance en la science. Notre risque est très mesuré si nous respectons bien les conclusions du jeune Favre. Et pour m'en assurer, je lui confie la supervision du projet dans son intégralité. Il vérifiera que chacune de vos actions ne dénature pas ses recommandations. Je vous vois vous étouffer. Inutile pourtant de protester. C'est une question de cohérence. Et ce n'est pas parce qu'il est le plus jeune qu'il est le moins compétent. Bravo, Pierre. Je compte sur toi.

Sur ces mots, Beatty tourne les talons, laissant l'assistance médusée. La réunion n'a pas duré un quart d'heure. Le Français ressent un mélange de fierté et de gêne. Il ose à peine croiser le regard de ses collègues. Lui qui n'a que 27 ans et qui est arrivé depuis moins de deux mois, le voilà nommé à la tête de l'un des plus gros projets du Département Entertainment de Phébé. Les mots de O'Brien lui reviennent alors en mémoire : « le monde t'appartient si tu veux bien t'en donner la peine ! ». Beatty venait de le lui prouver.

Il a travaillé dur. Il a parallèlement, tout au long de sa vie, renoncé à de nombreuses choses : loisirs, amitiés et même amour. Sa dernière petite amie l'a quitté parce qu'il consacrait tout son temps à son entreprise. Et en même temps, il ne peut pas considérer qu'il s'agit de réels sacrifices. Il aime les chiffres et les données. Il adore les faire parler, comprendre à travers eux la psychologie des foules, maîtriser le monde en sachant le décrypter. Il aime aussi la compétition. On lui en a, très jeune, inculqué le goût. Il a connu deux des moments les plus intenses de sa vie lorsqu'il a appris sa première place au concours général de mathématiques en Terminale, ou lorsqu'il a intégré HEC à la deuxième place du classement. La victoire a une saveur particulière, comme un sirop sucré qui envahit ses papilles, coule dans son corps et lui transmet une énergie particulière qui lui donne le sentiment d'être invincible. C'est ce qu'il vient de ressentir, à l'instant, aux mots de Beatty. C'est ce qui justifie a posteriori ces dernières longues semaines passées derrière son ordinateur.

*

Pierre laisse derrière lui ses collègues de travail s'organiser sur les prochaines étapes du projet. Il décide à 9 heures 30 de quitter le bureau et de prendre sa journée. Il se sent léger. Il rentre à pied chez lui. Dans les rues, il respire les premiers effluves du printemps qui s'annonce. « L'hiver est de plus en plus réduit à la portion congrue, pense-t-il. Il va finir par disparaître. » Il flotte dans l'air un parfum de renouveau. Le jeune homme décide de s'en imprégner. Il ne s'est pas vraiment installé depuis son arrivée. Il a passé son temps sur sa console d'ordinateur au bureau ou chez lui, ne relâchant son attention que pour commander ses courses sur internet, regarder une vidéo ou faire un peu d'exercice. Cela va changer à présent. Sur le chemin, il repère les pubs où peuvent se rencontrer les jeunes, une discothèque, un cinéma. Il entre s'inscrire dans un club de sport. Il passe prendre du pain et quelques fruits au supermarché bio. Une nouvelle ère s'annonce, et il a bien l'intention d'en profiter.

Lorsqu'il arrive à l'entrée de son immeuble, il se retrouve face à Symes qui descend faire ses courses. Il l'a bien croisé plusieurs fois depuis six semaines, mais il s'est toujours arrangé pour ne pas avoir à lui parler. Cette fois, il lui est impossible de l'éviter.

— Bonjour Monsieur Symes. Belle journée, n'est-ce pas ?

— Bonjour mon jeune ami. Mais que faites-vous donc ici à cette heure de la journée ? Vous n'êtes pas au travail ?

— En fait, je viens de passer six semaines sur un très gros dossier que j'ai rendu hier soir. Tout semble convenir à ma hiérarchie. Et je me suis accordé ma journée pour me détendre un peu.

— Un gros dossier ? Vous préparez une nouvelle série ?

— Oui, un *remake* de *la Casa de Papel,* un feuilleton des années dix. Mais cette fois-ci, nous en prévoyons plusieurs déclinaisons, spécifiquement adaptées à des profils de groupes d'individus différents. Je viens de passer des heures à analyser les données sociologiques et comportementales de sept cohortes représentant plus de 90 % de notre population cible. Et je leur ai concocté la trame de sept scenarii qui devraient les tenir en haleine de la première à la dernière minute, sans oublier de les émouvoir…

Pierre se tient devant Symes, enthousiaste, joyeux. Il ne s'aperçoit pas que le visage du Joker est en train de s'assombrir. Sa voix s'élève, sentencieuse, mélange de colère et de mépris.

— Savez-vous, jeune homme, que dans le cachot où il attendait la mort, Socrate jouait de la flûte ? Et savez-vous pourquoi il jouait de la flûte ?

— Euh, non !

— Eh bien, il jouait de la flûte avant de mourir pour jouer de la flûte avant de mourir !

— …

— Faire de la musique pour faire de la musique, de l'art pour l'art. Voilà une noble activité. Mais aujourd'hui, nous ne produisons plus d'œuvres d'art. Il n'y a plus d'artistes. Il n'y a plus que des gens comme vous : des comptables des moments d'émotion factice, des flatteurs des instincts les plus bas de l'homme, des banquiers de l'existence qui doivent enregistrer un maximum de moments de plaisir et un minimum de moments de peine. Notre société a dérivé vers une logique utilitariste et individualiste, et vous êtes son bras armé.

— Mais je n'ai pas l'ambition de faire de l'art, juste du divertissement.

— C'est bien ce que je vous reproche. Votre système est en train d'écraser toute créativité. Depuis que les Titans ont racheté les sociétés audiovisuelles, les théâtres, les cinémas, les salles de spectacles, les éditeurs, les galeries d'art, où sont passés les artistes ? L'art a vocation à réunir l'humanité. Votre divertissement ne fait que la diviser en la segmentant. L'art a pour seule fin d'être ce qu'il est. Votre divertissement n'a pour objectif que de vous enrichir. L'art survit à son créateur ; il apporte un repère essentiel de stabilité, de recul et de mise en perspective ; il installe le lien humain de génération en génération. Votre divertissement épouse les folies et les hystéries de son époque ; il en est le miroir dans lequel elle se perd.

— Nous n'obligeons personne à nous regarder. Et chacun est libre de créer. C'est même devenu plus facile et aisément partageable avec les réseaux sociaux.

— C'est là que vous vous trompez, jeune homme. En apportant à vos « clients » ce qu'ils souhaitent voir ou entendre, vous développez leur paresse. Vous les enfermez dans le confort de ce qu'ils connaissent. Pourquoi iraient-ils vers la nouveauté et le questionnement quand ils ont à disposition le familier et le rassurant ? Les algorithmes de recommandation ont remplacé les critiques et les experts. Leur logique de masse décide aujourd'hui de la valeur de tout. La créativité et l'originalité ne sont plus capables d'émerger dans un monde balisé et standardisé. Et dans quel dessein ? Celui de nous « *divertir* », au sens étymologique de ce terme français. Vous détournez nos pensées des sujets essentiels. Vous nous empêchez de réfléchir afin que nous ne puissions pas remettre en cause l'ordre de votre monde. Toutes les dictatures ont rêvé d'imposer leur domination sur les esprits. Sous Itzcoatl, les Aztèques faisaient disparaître les codex et autres manuscrits des peuples conquis. De l'Inquisition à la période nazie, les oppresseurs pensaient éliminer les idées en brûlant les livres. Dans une période plus récente, les talibans ont détruit les statues des Bouddhas de Bâmiyân et l'Etat islamique a saccagé Palmyre pour éliminer toute empreinte d'autres civilisations. Fort heureusement, le monde s'est soulevé pour éviter que ces régimes infâmes ne l'emportent. Mais aujourd'hui ? A cause de gens comme vous, nos esprits se font coloniser. Et avec notre bénédiction ! Vous êtes les nouveaux barbares des temps modernes, bien plus efficaces que les précédents, car il n'y a personne pour se dresser sur votre route…

Sur ces paroles, et sans attendre de réponse, Symes se détourne de son interlocuteur et poursuit son chemin. En le regardant s'éloigner, Pierre constate à quel point l'homme reste agité : son corps entier tremble et il continue son discours sous les yeux surpris des passants. Quel vieux fou ! Mais il ne va pas lui gâcher sa journée. Le jeune Français a pris des résolutions, il entend bien les respecter. Il remonte dans son appartement, n'accorde que peu d'attention à Sacha qui lui souhaite la bienvenue. Il se précipite sur son application de rencontre. Il ne peut quand même se contenter toute sa vie d'une sexapp ! Certains s'y résolvent. Mais lui préfère le contact humain.

Il remplit consciencieusement tous les critères qui lui sont demandés, aussi bien sur son physique que sur sa personnalité, ainsi que sa localisation, ses goûts et ses principales activités. Il triche un peu en exagérant son côté sportif et boute-en-train. Mais cela plait toujours. Et puis, il sait donner le change s'il le faut. Il termine en sélectionnant trois photos de lui, dont l'une où il apparaît le torse nu, bronzé, sur un bateau l'an dernier. Sa mère l'avait comparé à Alain Delon dans « Plein soleil ». Il ne connaissait pas mais il en avait déduit que l'image le mettait en valeur. « Irrésistible », avait ajouté sa petite sœur. Elle n'est pas la plus objective, mais il espère quand même qu'elle aura raison. Il clique sur « dossier terminé » puis « envoi ». L'application lui adresse un sourire et lui indique qu'il ne tardera pas à avoir des propositions rigoureusement sélectionnées. Il se met à préparer le déjeuner quand une sonnerie retentit sur son téléphone. La notification lui signifie qu'une partenaire potentielle, à proximité, lui correspond à plus de 98 %. Un tel taux d'adéquation est extrêmement rare. Fébrilement, il fait glisser sur la droite le message pour découvrir la photo de la jeune femme : le visage de Julia apparait alors sur l'écran.

Pierre en a le souffle coupé. Il ne peut y croire. Quelle coïncidence ! Cette fois, il ne la laissera pas s'échapper. Il autorise immédiatement la mise en contact. Son excitation est à son comble. Va-t-elle le reconnaître ? Va-t-elle l'accepter ? Il n'en est pas sûr. N'a-t-elle pas choisi une première fois de disparaître sans laisser la moindre trace ? Il reste l'œil rivé sur l'écran, impatient. La réponse arrive quelques minutes plus tard, sous la forme d'un message lapidaire : « Rendez-vous au Rose & Crown à Palo Alto, demain à 18 h ».

VIII

1er mars 2034, 18 heures.

Le Rose & Crown se situe à quelques minutes de l'Université de Stanford, en plein centre-ville de Palo Alto. C'est un bâtiment carré en briques blanches, habillé de colombages et d'un faux toit de chaume pour lui donner un aspect plus vintage. Une porte en bois massif ornée de ferronneries en contrôle l'entrée. Pierre la pousse non sans difficultés. A l'intérieur, quelques étudiants se tiennent debout près du bar, devisant une chope de bière à la main. Un vieux morceau de Sam Fender, diffusé en fond sonore, tente de réveiller une atmosphère un peu trop calme à cette heure de la journée. Le nouvel arrivant n'a aucun mal à repérer immédiatement Julia. Elle est assise au fond du pub, sous un grand miroir. Il s'installe en face d'elle, sans qu'elle lève les yeux de son mobile.

— Julia… Explique-moi ce que cela signifie… Pourquoi as-tu disparu ainsi sans que…

La jeune femme porte son doigt à ses lèvres et lui fait signe de se taire. Elle sort de son sac un téléphone qu'elle lui tend. Sur l'écran est inscrit un message :

Tu es surveillé. Je veux pouvoir communiquer avec toi en toute sécurité par l'intermédiaire de ce portable crypté. Je t'adresse des messages et tu me réponds de la même façon sur le numéro à mon nom qui est enregistré à l'intérieur. Pour le moment, continue à me parler comme si de rien n'était pour ne pas éveiller les soupçons.

Pierre demeure interloqué. Il s'apprête à ouvrir la bouche pour demander s'il s'agit d'une plaisanterie. Mais Julia le fixe fermement des yeux, son index de nouveau sur la bouche.

— Je suis désolé Pierre. J'ai dû partir très vite. Une urgence. Quand j'ai vu que le hasard nous réunissait de nouveau, j'ai immédiatement accepté le contact et provoqué ce rendez-vous. Je voulais m'excuser sincèrement de t'avoir quitté aussi brusquement et sans explications à San Francisco. Pour autant, je souhaite être claire. Notre discussion était sympa, mais je ne suis pas prête à aller plus loin avec toi. Tu n'es pas du tout mon genre !

Je t'adresserai demain un message pour organiser un nouveau rendez-vous plus sécurisé que celui-ci. Tu devras suivre mes instructions à la lettre. Notamment, tu porteras ce bracelet au poignet. Il génère un champ électromagnétique qui inactivera la puce que tu portes sous la peau aussi longtemps que tu le conserveras.

Le jeune Français a le sentiment d'être plongé dans un mauvais polar. Il ne comprend rien. Voilà que Julia lui tend maintenant un bracelet électromagnétique. A quoi rime tout cela ? Il se retourne. Il ne voit autour de lui que des étudiants qui ne ressemblent pas vraiment à des espions. Il cherche à montrer son étonnement sur son visage et se met à faire des gestes d'incompréhension avec les mains. Puis il se saisit du téléphone posé sur la table.

Tu peux m'expliquer ?

Pas maintenant. Demain.

C'est une plaisanterie ?

Pas du tout. C'est très sérieux. Fais-moi confiance.

Mais pourquoi ?

Fais-moi confiance. C'est tout. Et suis mes instructions à la lettre. A demain.

Julia s'est déjà saisie de son sac et de sa veste.

— C'est mieux ainsi, Pierre. Crois-moi. Ne m'en veux pas.

Le jeune homme la regarde s'éloigner dans le miroir qui lui fait face. Des vers d'Apollinaire, étudiés en Seconde, lui reviennent en mémoire :

Et la glace où se fige un réel mouvement
Reste froide malgré son détestable ouvrage.
La force du miroir trompa plus d'un amant
Qui crut aimer sa belle et n'aima qu'un mirage.

Qui connait encore Apollinaire ? Pas grand monde. On n'étudie plus la poésie aujourd'hui. Et pourtant, comment mieux décrire ses sentiments que par ces mots ? La reverra-t-il ? Pourquoi tant de mystères ? Tout cela ne rime décidément à rien. Il ramasse le téléphone et le bracelet, et quitte à son tour le pub.

*

Durant le reste de la soirée, il lui est très difficile de se calmer. Ses pensées le ramènent constamment à Julia et à la scène de la fin de l'après-midi. Il fixe le portable qu'il a ramené et déposé sur le coin de sa table, comme s'il allait lui livrer un secret. En vain. Il pourrait essayer d'appeler ou d'envoyer un message. Mais il sait que cela ne servirait à rien. Julia lui a dit qu'elle le contacterait seulement demain. Il doit patienter. Pour se détendre, il enfile son casque de réalité virtuelle et entame une partie de boxe effrénée contre un adversaire aux yeux bridés. Il frappe. Il frappe fort. De toutes ses forces. Sans trop penser à se protéger. Les scores grimpent vite de part et d'autre. Plusieurs KO. Mais Pierre continue. Il cogne, s'acharne. Sans s'interrompre. Sans répit. Il lutte contre un ennemi invisible qu'il ne connait pas, mais qui prend pour l'instant l'image de cet avatar qui sautille devant lui. A moins qu'il ne lutte contre lui-même, contre cette rage profonde qui l'envahit, contre son impuissance à maîtriser la situation. Il enchaîne les coups dans le vide, avant de s'effondrer au bout de trois quarts d'heure sur son lit. Il se relève péniblement pour aller prendre une douche brûlante, et s'endort finalement, le corps et l'âme meurtris.

*

Le lendemain, son esprit n'est toujours pas apaisé. Il espère pouvoir être tranquille. Mais Montag veut lui faire valider des commandes. La réunion s'étire en longueur. Son collègue en profite pour lui apprendre que la star de téléréalité hispanique a accepté de participer à la série. Il présente cet accord comme une victoire. Mais Pierre sait bien que la jeune femme est produite par l'une des nombreuses filiales de Phébé, et que le cachet proposé a suffi à réduire à néant toutes ses préventions, peu nombreuses au demeurant. A midi, le déjeuner est un supplice. Il avait espéré pouvoir être seul à la cafétéria. Mais le mauvais sort veut que Tillerson s'installe lourdement en face de lui, pour lui demander son avis sur des annonceurs supplémentaires. Sa voix suffisante, sa bouche qui mâche lentement son hamburger, son rire gras, tout cela insupporte le Français. Il s'excuse au bout de dix minutes, prétextant une urgence, et s'enferme dans une cabine avec son ordinateur pour pouvoir être seul. Le reste de l'après-midi est plus supportable. Il se plonge dans l'analyse de derniers chiffres qui viennent d'arriver. Le téléphone de Julia est toujours dans sa poche, mais il est demeuré désespérément muet.

Lorsqu'il rentre chez lui vers 19 heures, Pierre commence à douter. Les secondes s'égrènent comme des minutes, les minutes comme des heures. Il fixe intensément le portable, de nouveau posé sur le coin de sa table. Mais celui-ci reste inerte. Ce n'est que peu avant 22 heures qu'il se met à vibrer. Un message s'affiche.

Je te retrouve demain à 20 h à l'hôtel Comfort
Inn, 3945 El Camino Real à Palo Alto. Tu
montes directement à la chambre 212 sans

passer par l'accueil. N'oublie surtout pas de mettre ton bracelet et de l'activer dès que tu quittes ton domicile.

Un émoticône en forme de cœur tient lieu de signature. Un flot de questions le submerge de nouveau. Qu'est-ce que cela signifie ? N'est-elle pas en train de jouer avec lui ? Avec ses sentiments ? Et que veut dire cette mascarade ? Il ne supporte pas d'aussi peu maîtriser les choses, de ne pas comprendre. Il a passé son temps à mettre la vie en équation. Et voilà qu'on lui propose un problème aux trop nombreuses inconnues qu'il ne sait – ou plutôt qu'il ne peut – pas résoudre. A-t-il envie de participer dans ces conditions ? Pourquoi accepterait-il cette invitation ? Certes Julia a un charme puissant. Ses yeux, sa bouche, son corps sont une arme de séduction massive. A chaque fois qu'il la voit, il aimerait la prendre contre lui, sentir sa peau, respirer son odeur. Mais ne lui a-t-elle pas dit sèchement qu'il n'était pas son genre ? Et en même temps, pourquoi ce rendez-vous dans un hôtel, en signant d'un cœur ? Est-ce un jeu érotique ? Ou un piège ? Ne devrait-il pas appeler la police ? Le téléphone vibre de nouveau, comme si l'appareil avait compris les interrogations du jeune homme.

Fais-moi confiance. Je t'en supplie.

Julia l'implorait. Elle devait être en danger. Et c'est pour cela qu'elle prenait toutes ces précautions. C'était la seule explication plausible. Bien sûr qu'il irait ! Au moins pour comprendre. Sa décision le libère. La tension et l'attente de la journée se transforment tout à coup en une gigantesque fatigue. Il doit reprendre des forces s'il veut pouvoir aider la jeune femme. Il décide de se coucher et s'endort aussitôt. Mais son sommeil est agité. L'image de Julia revient sans cesse le hanter.

*

Au cours de la matinée et de l'après-midi du lendemain, Pierre expédie les affaires courantes. Il n'arrive pas à se concentrer sur son travail, obsédé par son rendez-vous du soir. Il quitte le bureau plus tôt que d'habitude, à 17 heures 30. Il rentre chez lui à pied, imaginant que l'air extérieur lui ferait du bien. Mais il est humide et lourd. Il y flotte comme une odeur de suie. Arrivé chez lui, il reste plusieurs minutes à hésiter devant son dressing. Il opte finalement pour un chino gris et une chemise bleue marine qui met en valeur ses yeux. Son excitation grandit au fur et à mesure du temps qui passe. Encore 1 heures 30. Il n'arrivera jamais à patienter jusque-là. Il commande par l'intermédiaire de Sacha une navette autonome pour 19 heures 15. Dans le taxi, il enfile le bracelet électromagnétique et le place consciencieusement au-dessus de la puce de son poignet. Il l'active : un voyant rouge s'allume.

La navette le dépose devant le Comfort Inn à 19 heures 30. Il lui reste une demi-heure à attendre. L'hôtel est tout ce qu'il y a de plus banal, sans charme, situé sur une grande artère de Palo Alto. « Elle aurait quand même pu trouver plus romantique », pense le Français en son for intérieur. Il fait les cent pas à quelques mètres du bâtiment, fixant les fenêtres allumées et imaginant sa belle dans l'une de ces chambres. Le froid et l'humidité le transpercent. Mais il ne se résout pas à entrer. Julia lui a dit 20 heures. Il respectera cette consigne comme il a respecté toutes les autres. Le temps s'écoule avec lenteur. Il a l'impression de connaître chaque millimètre carré du trottoir en face du 3945 El Camino Real. Ce n'est qu'à 19 heures 55 qu'il prend une grande inspiration et pénètre dans l'hôtel.

Il traverse l'accueil sans jeter le moindre regard autour de lui. Il veut être pris pour un client normal. Le réceptionniste le regarde passer. Il n'a pas éveillé ses soupçons. Il appelle l'ascenseur. Il regarde subrepticement à gauche et à droite pendant qu'il attend. L'homme derrière le comptoir lui sourit. Il lui retourne son sourire d'un air faussement dégagé. La cabine arrive. Il entre et appuie sur le bouton du deuxième étage. L'appareil s'élève. Ses battants s'ouvrent au bout de longues secondes sur un couloir impersonnel. Vide. Une pancarte indique la chambre sur la gauche. Cela doit être la quatrième. Pierre se retrouve devant la porte du 212. Son cœur est sur le point d'éclater. Le sang à ses tempes bat une mesure effrénée. Ses mains sont moites. Il regarde sa montre : elle indique 20 heures. Il se décide à frapper à la porte.

Un bruit étouffé lui parvient de l'intérieur. Il entend, malgré la moquette épaisse, des pas se rapprocher. On ouvre. Julia apparait dans l'entrebâillement, radieuse. Elle fixe immédiatement du regard son poignet, puis rassurée, lui fait signe d'entrer. Elle porte un jeans parfaitement ajusté à sa taille fine et un corsage blanc. Sa peau claire se confond avec le tissu. Ses yeux bruns le regardent intensément. Ils n'ont toujours pas échangé une parole. Le voudrait-il, Pierre en serait de toute façon bien incapable. Il est hypnotisé par le charme et la beauté de la jeune femme. Elle referme la porte derrière lui et le prend par la main pour l'inviter à avancer. La douceur du geste tranche avec son attitude jusque-là. Elle l'attire à elle, descend la fermeture éclair de son blouson et l'en libère. Il ne dit rien, se laisse faire. Il ne veut pas rompre le charme. Quand elle se met à déboutonner sa chemise et à passer la main sur sa peau, il tente d'émettre un son. Mais le doigt qu'elle pose délicatement sur sa bouche l'empêche d'articuler le moindre mot.

Il se retrouve assis sur le lit. Elle le rejoint. Leurs bouches s'effleurent. Elle le caresse puis s'installe à califourchon sur lui. Le désir, qu'il sent monter, menace de faire exploser la toile de son pantalon. Elle dégrafe sa ceinture et le libère. Il est maintenant nu, à sa merci, alors qu'elle est encore habillée. Mais il se laisse faire. Elle a pris le contrôle. Ses lèvres, son souffle chaud sur sa peau, sont un baume d'une douceur inconnue. Quand elle s'éloigne de quelques dizaines de centimètres pour retirer ses vêtements, le manque qu'il ressent à cet instant est insupportable. L'attente n'est cependant que de courte durée. Elle revient et l'enfourche. Il réprime un petit cri. Elle se penche sur lui, posant une nouvelle fois l'index sur ses lèvres. Puis elle commence à agiter le bassin. Doucement, profondément, intensément. Il se sent alors partir en arrière, dans une chute vertigineuse. Il s'abandonne… définitivement.

Quand Pierre revient à lui, il a perdu la notion du temps. Est-il 22 heures ? Minuit ? Deux heures ? Julia est allongée à côté de lui. Elle dort. Ils n'ont pas échangé un mot depuis son arrivée. A chaque fois qu'il a essayé de lui parler, elle lui a pris la tête entre ses mains et l'a embrassé, délicatement d'abord, puis de plus en plus férocement. Elle s'est à chaque fois occupée de ranimer le désir. Ils ont fait l'amour, trois fois, quatre fois peut-être, jusqu'à ce qu'ils tombent épuisés. Il la réveillerait bien maintenant pour lui poser des questions. Pour comprendre pourquoi elle lui fait prendre autant de précautions.

De quoi elle a peur. Mais son visage détendu, son souffle régulier, le lui interdisent. Cela attendra. Il se love doucement à côté d'elle, respire une dernière fois son odeur et s'endort.

Il est réveillé le lendemain par la lumière du jour. « Julia n'a pas tiré suffisamment les rideaux », pense-t-il. « Il doit être 6 heures 30 ou 7 heures. » Les rayons du soleil éclairent une chambre sans charme à la moquette marron et aux murs beiges. Elle est pourtant l'un des plus beaux endroits du monde pour Pierre. La place à côté de lui dans le lit est vide. Son amour doit être dans la salle de bain. Il l'appelle : une fois, deux fois. Sans résultat. Un doute l'étreint tout à coup. « C'est impossible ! Pas encore ! » Et pourtant, il doit se rendre à l'évidence. Les pièces sont vides. La jeune femme s'est à nouveau évanouie. Ses vêtements, son sac ont disparu. Il cherche désespérément une trace, un message. Rien. Un sentiment profond d'accablement s'empare de lui. Il s'habille, abattu, quand il sent au fond de ses poches le portable que lui a confié Julia. Il s'en saisit fébrilement. Peut-être que…

Bonjour Pierre. Ne m'en veux pas de t'avoir quitté une nouvelle fois aussi précipitamment. J'étais obligée. Je t'expliquerai. La nuit a été fantastique. Retrouvons-nous la semaine prochaine. Même jour, même heure, même endroit. Toujours avec le bracelet.

Elle lui doit des explications. Il tape fébrilement :

Pourquoi ? Pourquoi ? Pourquoi ?

Le vibreur se déclenche quelques secondes plus tard :

Je t'expliquerai. Fais-moi confiance.

Cette fois-ci, il ne peut pas la laisser s'en tirer comme cela :

Non. Je ne peux pas.

Et la conclusion arrive, définitive :

Si. Je t'aime.

IX

7 mars 2034, 9 heures 30.

Pierre a rendez-vous ce matin avec Mrs Parsons, Black et O'Brien. Il se retrouve assis sur le fauteuil de la salle d'attente de la gestion des talents, là où il était deux mois plus tôt. Une éternité. Il a été convoqué la veille par mail, sans qu'on lui donne plus d'explications. A son arrivée, le petit robot en faction à l'entrée du bâtiment n'a pas daigné l'accompagner ni lui parler, signe qu'il était reconnu maintenant comme un salarié et non comme un visiteur. Il ne sait pas s'il doit s'en réjouir. Il jette pour la troisième fois un coup d'œil à sa montre. Il est maintenant 9 heures 40, et les trois responsables ne sont toujours pas là. C'est surprenant : tout est tellement minuté chez Phébé ! Une légère inquiétude le parcourt. Il espère qu'ils n'ont rien à lui reprocher.

Ils arrivent à 9 heures 45. Ensemble. Ils sont étrangement solennels. Pour une fois, O'Brien ne plaisante pas en le saluant. Black a l'air gênée. Ils le font entrer dans la salle de réunion et s'installent autour de la table. Pierre s'assied. Il est mal à l'aise. C'est Nelly Parsons qui prend la première la parole.

— Pierre, nous t'avons convoqué ce matin pour faire un point sur tes deux premiers mois chez nous…

La responsable de la gestion des talents s'interrompt un instant pour laisser planer un faux suspense. Black détourne le regard. O'Brien fixe le jeune homme au contraire avec intérêt.

— … Nous souhaitons te dire que nous sommes contents, non… TRES contents. Beatty ne tarit pas d'éloges sur toi. Tu es fiable, rigoureux, créatif. Au-delà même de ce que nous attendions. Ton travail sur *la Casa de Papel* est excellent. Il va contribuer grandement au succès de la série. C'est pourquoi nous voulons te récompenser. Tu toucheras ce mois-ci une prime de 50.000 dollars, et ton salaire sera majoré de 20 %.

Pierre n'en croit pas ses oreilles. Il est à peine arrivé depuis deux mois que le voilà primé et augmenté. Et de façon significative. Il se rappelle les mots d'O'Brien, lorsque celui-ci l'avait invité à diner : « Phébé est généreuse avec ceux qui la servent bien ». Il n'imaginait pas à quel point. Il ne sait pas quelle attitude adopter en réponse à cette nouvelle. Se confondre en remerciements au risque de leur donner à penser que cette récompense ne serait pas méritée. Ou réagir avec détachement, comme si une telle gratification était normale. Il opte pour un entre-deux, montrant une satisfaction mesurée.

— Bravo, *rookie*. Tu as complètement ensorcelé Beatty. Elle ne jure plus que par toi. Je n'imaginais pas que tes capacités de séduction iraient jusque-là. En même temps, elle a un faible pour les petits jeunes…, s'esclaffe O'Brien, en adressant un clin d'œil appuyé à son protégé.

— C'est peut-être *le charme français* qui a une nouvelle fois opéré. Mais je la sens plus sensible à notre génie mathématique, lui rétorque le jeune homme avec un sourire moqueur.

— C'est vrai qu'en cette matière, la France a une longue tradition d'excellence. Ce n'est plus trop notre cas de notre côté de l'Atlantique. C'est pourquoi nous sommes contents de t'avoir avec nous et de te le montrer.

Mrs Parsons interrompt le duel à fleurets mouchetés entre les deux hommes pour s'enquérir de l'avis de Pierre sur ses deux premiers mois dans l'entreprise. Alors que celui-ci lui répond par quelques généralités, elle se met à consulter son rapport d'activité, établi à partir des données de son poste de travail et de son stimulateur transcrânien.

— Nous comptabilisons plus de 15 heures de travail par jour depuis ton arrivée, y compris le week-end. C'est trop ! Cela t'empêche de te sociabiliser. Il faut que tu réduises le rythme pour te laisser le temps de participer à nos différents clubs ou activités. Sors avec tes collègues. Détends-toi. C'est important. J'ai vu que tu as été champion régional d'aviron en France. Nous venons d'ouvrir un club à Redwood City. C'est tout prêt d'ici. Tu devrais essayer.

Pierre lui promet d'y réfléchir. La conversation se poursuit encore quelques minutes sur des banalités, avant que Parsons n'y mette fin en le félicitant une dernière fois et en le raccompagnant à la porte. Il s'étonne de ce que Black n'ait toujours pas ouvert la bouche. Elle est restée distante pendant toute la réunion. Il aimerait bien pouvoir analyser ce qui vient de se passer calmement. Mais O'Brien se précipite derrière lui, abandonnant les deux femmes sans un mot. Il l'attrape brutalement par les épaules et l'entoure de son large corps.

— N'écoute pas cette abrutie de Parsons. Bosse. Continue comme tu viens de le faire. Fais ton trou. Et tu verras que cette petite récompense ne sera qu'un *amuse-bouche*. Tu peux grimper très haut, Pierre, … si tu le veux. Et si tu le veux, je t'y aiderai. Viens avec moi. Je voudrais te montrer quelque chose.

Le géant l'entraîne dehors, sans lui demander son avis, et le pousse dans la navette autonome qui stationne devant le bâtiment. Le trajet se déroule sans qu'ils échangent un mot. Ils se retrouvent, comme il y a deux mois, en face de la grille du Campus Sud. Le ballet des drones et des vigiles se reproduit à l'identique. Ils passent sous le portique, mais cette fois, au lieu de tourner à droite au rond-point, ils se dirigent vers la gauche et s'arrêtent devant le dernier bâtiment de l'allée.

— C'est là qu'on descend, *rookie*. Je vais te montrer le cœur du réacteur.

Pierre se précipite derrière O'Brien qui marche à grandes enjambées. Le hall ressemble à s'y méprendre à celui de la Ruche, si ce n'est qu'un homme d'âge mur à la mine patibulaire en contrôle l'entrée, et pas la charmante *Moneypenny*.

— Dis bonjour à Monsieur *Q*, *rookie*. *Q*, je vous présente Pierre Favre. Il vient de nous rejoindre.

« Décidément, l'imagination de O'Brien en matière de surnom semble limitée à *James Bond* », s'amuse le Français. Sans attendre une réponse de l'hôte d'accueil, le maître des lieux s'engouffre dans l'ascenseur suivi de son disciple. Q ne lève même pas les yeux, se contentant de hausser les épaules d'un air désabusé.

— Tu vois, *rookie*. Nous sommes ici au Département de l'Information. C'est l'endroit le plus stratégique de la boîte. Celui qui commande tout. Car c'est à partir de l'information qui nous arrive ici qu'on peut renseigner le monde.

Les portes s'ouvrent au troisième étage. Les deux hommes descendent. Devant eux s'étendent à perte de vue des dizaines et des dizaines de postes de travail. L'ambiance n'a rien à voir avec celle de la Ruche. Les employés y sont concentrés sur leur ordinateur. Le silence règne, à peine troublé par quelques alertes sonores.

— A cet étage, nous contrôlons en temps réel toute l'information en provenance de l'Amérique du Sud et de l'Afrique. Et nous sommes en mesure de réagir rapidement à toutes les attaques de nos adversaires. Grâce à la puissance de nos ordinateurs et à notre intelligence artificielle, nous analysons en une fraction de secondes les tendances émergentes sur les réseaux sociaux, les moteurs de recherche et les messageries. C'est comme cela par exemple que nous sommes capables d'identifier les points de départ de maladies et que nous pouvons lutter plus efficacement contre elles. Nous nous sommes beaucoup perfectionnés depuis la crise du covid19. Celle-ci ne pourrait plus avoir lieu aujourd'hui car le début de l'épidémie serait immédiatement identifié et le pays ou la région de naissance totalement isolé. Ainsi, nous avons décelé un nouveau foyer de contagion, le mois dernier, au Nigéria. Il s'agit heureusement d'un État ami. Nous avons obtenu que l'une de ses provinces soit entièrement confinée pendant trois mois par son armée. Nous leur avons envoyé un soutien logistique important : drones, robots de surveillance, matériel militaire.

— Mais pourquoi n'en avons-nous pas entendu parler aux informations générales ?

— Inutile d'inquiéter la population pour rien. Nous maîtrisions complètement les choses. Il n'y a que quelques journaux européens qui ont cru malin d'aller y faire des reportages et de montrer les morts dans les rues de Kaduna. Mais nous avons vite pu enfouir leur information sous des torrents d'autres nouvelles plus réjouissantes. En fait, tout le monde se fout de quelques cadavres en Afrique. Nous n'avons même pas eu besoin de poster des images rectificatives d'une ville heureuse et sans souci.

— Vous ne pouvez quand même pas faire cela, s'insurge le jeune homme.

— Bien sûr que nous pouvons le faire ! Qu'est-ce qui est le plus important ? Laisser se développer une nouvelle pandémie mondiale ou sacrifier quelques individus ? Fragiliser l'économie en affolant la terre entière ou pondérer la place de certaines informations ?

— Mais il ne s'agit pas de pondération de l'information. Il s'agit de manipulation, de falsification.

— Je crois, mon ami, que tu as une conception erronée de la vérité. Il n'y a pas de critère universel en la matière. Une idée vraie est celle qui finit par réussir. Une idée juste est celle qui finit par triompher. Si grâce à nous, tout le monde pense que la population du Nigéria est en bonne santé, cette idée devient vraie. Elle est également juste parce qu'elle évite les questionnements et les hésitations, elle préserve nos citoyens des peurs. La vérité se mesure à l'aune de son efficacité. Les opinions ne valent que ce que valent les effets qu'elles produisent. Notre job, c'est de les maîtriser pour assurer la prospérité.

— Quelle prospérité ? La mienne ? La tienne ? Celle de Phébé ? Celle des millions de prolétaires ?

— Celle de nous tous, car heureusement notre sort est lié. Comment pourrions-nous assurer le financement de notre programme social si nous n'étions pas prospères ? Et de la police, de la recherche, des centres de santé, des assurances, des banques ? C'est nous qui faisons tourner tout cela. C'est un subtil équilibre que nous devons préserver. Je sais que cela peut heurter vos cerveaux européens épris de liberté. Mais regardons les systèmes qui fonctionnent dans le monde : la Chine et les Etats-Unis. Des Etats qui privilégient l'efficacité et se donnent comme première fonction d'assurer la sécurité de leurs citoyens, aussi bien physique que matérielle. Vous, les Français, vous adorez débattre, discourir, opposer les idées. Thèse, antithèse, synthèse, c'est ainsi qu'on vous forme. De ce fait, vous avez toujours du retard à l'allumage, alors que le monde va de plus en plus vite. Nous, nous avançons de façon rationnelle, sur la base des données que nous collectons, avec une seule boussole, celle de l'efficacité.

Pierre ne sait plus très bien comment argumenter. Le raisonnement d'O'Brien est un bloc de granit. En même temps, tout cela le choque. Il aimerait objecter. Mais son mentor ne lui en laisse pas le temps. Il s'est arrêté devant un écran d'ordinateur et lui montrent deux courbes qui se croisent.

— Regarde. Dans deux mois, il y a les élections présidentielles au Brésil. C'est un enjeu important pour nous. Il s'agit de notre cinquième marché, que nous avons beaucoup développé au cours des dernières années. Le Président est un ami, un adepte de *l'ordre et du progrès*[1], comme le veut sa devise. Nous l'y aidons. Mais il n'a pas réussi à juguler l'extrême pauvreté d'une partie de sa population. Et il se retrouve accusé de corruption. Nous avons beau tenter de décrédibiliser son adversaire, un socialiste illuminé. Rien n'y fait. Le sortant chute inexorablement dans les intentions de vote alors que le challenger ne cesse de progresser. Il va l'emporter si nous n'intervenons pas. Il est soutenu par la Chine et son programme consiste à nationaliser la moitié de l'économie. Nous pourrions faire intervenir l'armée brésilienne ou bourrer les urnes. Mais ce sont des solutions de dernière extrémité, trop visibles. La propagande chinoise est active dans le pays et la population pourrait se soulever. Il ne faudrait pas aboutir à une guerre civile. Ce ne serait pas bon non plus pour nos affaires. Il nous faut des méthodes plus subtiles. J'ai besoin de toi, *rookie*. Analyse-moi les données des Brésiliens. Nous te fournirons tout ce dont tu as besoin. Trouve-moi le chemin pour que nous l'emportions. C'est à ta portée. Il nous reste deux mois.

— Mais ce n'est pas mon métier.

— Non, mais c'est dans tes compétences. Et nous saurons nous montrer reconnaissants. La prime que tu viens de recevoir pour *la Casa de Papel* te paraîtra une aumône par-rapport à ce que nous te donnerons si tu nous tires de ce mauvais pas. Un de tes glorieux ainés, Auguste Comte, a préconisé : « *l'amour pour principe, l'ordre pour base, et le progrès pour*

[1] *Ordem e progresso* est la devise du Brésil inscrite sur son drapeau. Elle a été empruntée à la fin du XIXe siècle à Auguste Comte, philosophe positiviste français.

but. » Pour une fois qu'un philosophe dit quelque chose de sensé. Le Brésil s'en est d'ailleurs inspiré pour sa devise. Aide-nous à ce que ce pays puisse continuer à faire appliquer ces saints principes.

Pierre se demande où peut bien être l'amour dans tout cela. Mais il renonce à argumenter face à son mentor. Il sent que cela ne sert à rien. Il se demande juste s'il doit accepter. Mais a-t-il le choix ? O'Brien est déjà en train de répondre à toutes ses objections. Black et Beatty sont prévenues et ont donné leur accord. Il travaillera le matin à la Ruche et l'après-midi à l'Information. Il aura un poste de travail à l'étage de la direction. Une vingtaine d'analystes seront mis à sa disposition, de même que des dizaines de concepteurs d'informations, de posts et de vidéos, qui se tiendront en attente de ses instructions. Leur contenu aura vocation à se diffuser à l'aide de botnets[2] sur les réseaux brésiliens par des centaines de milliers de faux profils.

— Tu comprends, Pierre, nous sommes en guerre. Une guerre invisible, sourde, dont peu de gens ont conscience. Mais une véritable guerre. Notre ennemi d'aujourd'hui s'appelle la Chine. C'est une grande puissance qui devient économiquement et technologiquement aussi performante que nous. Nous ne pouvons pas la laisser progresser sur le grand échiquier du monde. Son modèle ne peut pas, ne doit pas triompher. Le Brésil est une pièce maîtresse. A moins de 5000 kilomètres de nos frontières, il concentre 20 % des réserves

---

[2] Un botnet est un réseau de bots informatiques, à savoir des programmes connectés à Internet qui communiquent avec d'autres programmes similaires pour l'exécution de certaines tâches.

d'eau de la planète, 20 % de sa production d'oxygène d'origine terrestre et de nombreux minerais. Il est stratégique pour nous. Le laisser tomber dans des mains ennemies signerait notre premier véritable échec. Il est important que je puisse compter sur toi.

La dernière phrase prononcée par O'Brien n'appelle pas vraiment de réponse. Pierre se contente donc de hocher la tête, dans un vague signe d'assentiment. Il n'est pas très inquiet sur sa capacité à répondre à la demande. Il l'est plus, en revanche, sur la légitimité de la démarche. Mais en même temps, il sait très bien que les Chinois utilisent les mêmes méthodes. Ne lui demande-t-on pas finalement de rétablir un équilibre ? Et l'essentiel n'est-il pas la stabilité dans cette partie du monde ? De vagues souvenirs de ses cours de philosophie de terminale lui reviennent en mémoire. Son professeur avait résumé la pensée positiviste d'Auguste Comte en une maxime : plus de pourquoi, que du comment ! Il doit convenir que ce principe lui convient assez bien à cet instant. Il va s'en contenter. Il se tourne vers O'Brien pour lui poser quelques questions pratiques supplémentaires. Mais celui-ci ne lui laisse pas le temps d'ouvrir la bouche.

— Ah, dis-moi *rookie*. Qu'est-ce que tu as fait dans la nuit du 1er au 2 mars dernier ?

Le jeune homme blêmit. C'est le moment où il était avec Julia. Il s'entend répondre d'une voix blanche.

— Je ne sais plus très bien. Cela doit être le soir où je suis sorti en boîte. Je suis rentré tard. Pourquoi ?

— Comme cela… Tu sais Pierre. Nous sommes tous dans le même bateau. Tout le monde doit ramer dans la même direction pour que nous puissions accomplir notre mission. Il est très important de se faire confiance. La confiance est la base de tout. Je peux te faire confiance ?

Les yeux d'O'Brien le transpercent, à la recherche de la vérité. Il soutient son regard :

— Bien sûr.

X

8 mars 2034, 20 heures.

Le réceptionniste du Comfort Inn le salue avec un large sourire. L'a-t-il reconnu ? De toute façon, il s'en moque. Pierre traverse le hall d'un pas rapide, bien décidé à demander des explications à Julia. L'ascenseur l'attend au rez-de-chaussée et le dépose au deuxième étage. Le couloir est toujours vide. C'est à se demander s'il y a d'autres clients dans cet hôtel. Il s'arrête devant la chambre 212, prend son inspiration et tape vigoureusement à la porte. Cette fois, un long moment se passe sans qu'il entende un bruit à l'intérieur. Inquiet, il s'apprête à frapper une seconde fois quand le battant s'ouvre légèrement. La jeune femme lui apparait dans l'entrebâillement. Elle porte une courte robe blanche, mettant en valeur ses longues jambes. Sa beauté est à couper le souffle. Elle prend calmement sa main droite et l'amène jusqu'à sa bouche en lui souriant. D'un air dégagé, elle est en train de contrôler qu'il a bien le bracelet sous la manche de son blouson.

— Rentre.

— Je rentre. Mais il n'est pas question que tu t'en tires sans explication cette fois. Je veux comprendre ce que tout cela signifie.

Il prononce ces mots avec un ton qui lui semble étrangement faux. Il avait pourtant préparé cette phrase toute la journée. Il l'avait répétée au moins cinquante fois, en testant toutes les intonations. Mais à cet instant, il se rend compte que cela ne fonctionne pas.

— Rentre d'abord. Je vais tout t'expliquer. Mais commence par te mettre à l'aise.

Elle le laisse enlever son blouson. Une bouteille de vin blanc dans un seau à champagne les attend. Elle s'en saisit et leur remplit deux verres. Ils trinquent.

— A nous !

— Julia, tu me dois des explications.

— Je sais Pierre. Et je vais te les donner. Mais je voudrais d'abord qu'on se détende. Nous avons toute la nuit pour parler. Et je te promets que demain matin, tu sauras tout.

Elle l'attire sur le lit et l'embrasse. Il voudrait l'arrêter pour parler, mais le goût sucré de ses lèvres l'en empêche. La discussion sera pour plus tard. Il se met à déboutonner sa robe dans le dos. Quand elle cherche à lui enlever son pull, il interrompt son geste. Cette fois, il veut mener la danse. Il la fait glisser en arrière et lui retire son vêtement, dévoilant une peau d'une blancheur transparente. Quand, en retour, elle veut dégrafer la ceinture de son pantalon, il l'écarte et continue son effeuillage. Ils se retrouvent quelques instants plus tard dans la situation inverse de la semaine précédente : elle est allongée nue devant lui alors qu'il a conservé tous ses habits. A genoux au-dessus d'elle, il semble la dominer. Mais il n'en est rien. Il sait qu'elle a encore le dessus. Elle le fixe de ses yeux bruns. Elle le provoque. Il se déshabille et la rejoint. Leurs échanges amoureux se transforment en joutes. Il est à chaque fois à l'initiative. Mais elle mène la danse, imprime son rythme, avec intensité. Même dans l'amour, elle ne semble jamais rien lâcher. Une nouvelle fois, il ne maîtrise plus la situation. Il est dompté. Son corps et son esprit lui commandent d'abandonner la lutte.

Quand Pierre reprend ses esprits, Julia est penchée sur lui. Son souffle chaud lui caresse le visage.

— Alors, c'est l'heure des explications ?

— Oui. J'aimerais bien, répond-il timidement.

— Commençons par le commencement. Il faut d'abord que je te dise que notre rencontre n'est aucunement liée au hasard. Nous t'avons identifié et suivi depuis plus de six mois, dès ton entrée en contact avec Phébé. Je suis entrée volontairement dans le même bar que toi à San Francisco pour te parler. Nous avons ensuite intercepté ta demande de mise en relation sur le site de rencontre et envoyé ma fiche.

— Nous ?

— Nous sommes une organisation mondiale qui travaille dans l'ombre. Notre but est de faire tomber la dictature des oligopoles.

— Mais… tu ne travailles pas chez Cronos ?

— Si justement. Nous cherchons à nous infiltrer jusqu'au cœur du réacteur de ces organisations pour les abattre de l'intérieur par ce qui fait aujourd'hui leur force, mais fera demain leur faiblesse : la donnée. J'ai accès par mon métier à une bonne partie de leurs bases. Un de nos collègues, ancien de la DARPA[3], supervise les infrastructures techniques d'Atlas. Il nous manque quelqu'un chez Phébé.

— Tu ne veux quand même pas dire…

— Si. Nous avons besoin de toi, Pierre. Les Titans ont établi une véritable dictature sur le monde occidental. Ils nous proposent une société ultra-connectée, à la transparence généralisée, où ils contrôlent tout et voient tout. Leur système est censé nous rassurer, parce qu'il est capable de prendre en charge notre sécurité, notre bien-être, notre santé. Mais il s'agit en réalité d'un monde infantilisant où nous ne sommes plus traités que comme des données. Nos vies sont limitées à une suite d'algorithmes. Nous devons respecter des normes. Nous avons perdu tout libre arbitre.

— C'est que nous le voulons bien, non ? Nous devons y trouver plus d'avantages que d'inconvénients.

— C'est surtout que nous n'avons plus de vision globale et de sens de l'intérêt commun. Les Titans ont conforté un système « individualiste » et « différentialiste » où l'échelle de valeur se réduit à l'individu ou sa communauté. Le « entre nous » a remplacé le « nous ». Il n'y a plus d'hommes, mais selon les cas : des hommes, des femmes ou des transgenres ; des Américains, des Chinois ou des Européens ; des Blancs, des Noirs ou des Latinos ; des catholiques, des protestants, des

---

[3] DARPA (Defense Advanced Research Projects Agency) : agence du département de la Défense des États-Unis chargée de la recherche et du développement des nouvelles technologies destinées à un usage militaire.

juifs ou des musulmans. Les données établissent ces classifications. Les algorithmes les exploitent. Chaque groupe est censé avoir des comportements, des usages, des besoins et des intérêts différents. On met en avant ce qui divise plutôt que ce qui réunit. Et surtout, on cantonne chacun au sein de sa communauté, le privant de la curiosité et de l'ouverture à l'autre. Ces mécanismes vident de sens l'idée d'une communauté de décision et interdisent la représentation d'un destin collectif. Ils cultivent la peur de l'Autre, du Différent, pour ouvrir la voie à des régimes sécuritaires. Les Titans ont mis en place un système totalitaire dont nous sommes, pour le moment, les bras armés. Nous ne pouvons pas continuer.

— Système totalitaire : quel bien grand mot ! Nous sommes quand même en démocratie, que je sache ?

— De quelle démocratie me parles-tu quand il est devenu si facile d'influencer les votes ? Un système totalitaire est celui qui entend contrôler la totalité de l'existence humaine. Que faisons-nous quand nous prescrivons un programme de santé à un individu, faute de quoi nous ne l'assurons pas ? Quand nous le surveillons jour et nuit pour qu'il ne commette pas d'infraction ? Quand nous lui dictons ses activités, ses achats, ses loisirs, sa manière de penser ?

— Mais nous ne faisons qu'émettre des recommandations…

— Des recommandations ? Tu plaisantes. S'il sort du droit chemin, nous commençons par ne plus l'assurer, puis ne plus lui prêter, lui supprimer ses allocations, voire l'emprisonner par anticipation, car statistiquement il pourrait commettre un délit. Où est la liberté là-dedans ? Où est la liberté quand nous manipulons l'information, quand nous inventons des

« faits alternatifs » ? Et où est ta liberté, Pierre, quand tous les jours tu es surveillé par la puce de ton poignet, ton téléphone, ton ordinateur, ton assistante virtuelle à la maison, sans compter toutes les caméras et les capteurs sur ton chemin ? Réponds-moi. Où est ta liberté ?

— …

Le Français se sent une nouvelle fois battu. Il ne sait pas quoi répondre à Julia. Il est possible qu'il ait préféré jusqu'à maintenant ne rien voir et profiter du système. Son père ne lui répète-t-il pas à l'envi qu'il faut être « du bon côté du manche » ? Mais y est-il vraiment ? En même temps, à quoi bon se poser cette question ? Ce n'est quand même pas à eux deux, perdus dans ce petit hôtel de Palo Alto, de résoudre les problèmes du monde.

— Julia, sois raisonnable. Que pouvons-nous faire ? Nous ne pouvons pas à deux ou à trois changer l'ordre des choses.

— Tu sais, nous sommes beaucoup plus nombreux que tu l'imagines. A la suite de la crise sanitaire puis économique du début des années vingt, le monde aurait pu choisir la voie de la coopération, de l'entraide et du partage pour s'en sortir. Les germes de l'individualisme et du nationalisme se sont malheureusement avérés les plus puissants. Déjà disséminés et entretenus par les réseaux sociaux avant la pandémie, ils se sont répandus ensuite à toute vitesse dans le monde, dopés par les peurs de la maladie, de la récession et de l'insécurité. Les Titans ont favorisé leur déploiement par leurs outils et leurs méthodes : utilisation des données personnelles, surveillance en continu, repli communautaire, désinformation. Avec l'accord du plus grand nombre, et pour leur plus grand profit, ils ont sacrifié la liberté sur l'autel de la sécurité physique, sanitaire et économique. Des voix se sont bien levées, notamment en Europe, pour s'insurger contre la dilapidation, face à la crise, d'acquis de plusieurs siècles. Elles ont été balayées par l'hystérie du court-termisme. Le solutionnisme technologique a vaincu, s'alliant au politique pour imposer sa mainmise sur nos vies. Mais le pouvoir qu'il a mis en place est fragile, car il repose intégralement sur la donnée. Et ces voix qui se sont levées il y a quelques années n'ont pas disparu. Nous sommes des millions dans le monde, entrepreneurs, artistes, intellectuels, scientifiques, hommes de bonne volonté, plus déterminés que jamais à faire tomber ce système.

— Et comment comptez-vous procéder ?

— Nous allons les attaquer, comme je te l'ai dit, sur ce qui fait leur force et deviendra leur faiblesse : la donnée. Nous inoculerons dans certaines de leurs bases un virus, qui se propagera progressivement dans l'ensemble de leurs systèmes. Il n'effectuera dans un premier temps aucune modification, pour qu'il puisse se développer sans attirer l'attention. Quand il se sera suffisamment répandu, il changera une donnée, puis une deuxième, en prenant une valeur plausible, et de plus en plus en fonction des traitements. Nous avons beaucoup travaillé avec nos solutions d'intelligence artificielle pour aboutir à une solution quasi indétectable. Lorsqu'une information infectée sera utilisée par un algorithme, elle contaminera ses voisines de façon exponentielle. Il faudra au moins deux mois pour que cinq à six pour cent des bases soient infectées. Mais cela suffira pour biaiser tous les résultats. Ils ne pourront plus fonctionner normalement. Ils seront obligés de débrancher la plupart de leurs outils.

— En imaginant que cela marche, cela va créer une crise économique sans précédent et assurer une suprématie définitive aux Chinois. C'est ce que tu veux ? Tu travailles pour eux ?

Julia lui sourit l'air triomphant.

— Le système chinois est tout aussi totalitaire que le système américain. Ce sont deux dictatures, l'une d'Etat, l'autre privée, qui s'appuient sur des solutions technologiques pour contrôler leurs citoyens. Elles se sont lancées dans une course mortifère à la suprématie mondiale. Elles travaillent par exemple depuis vingt ans à isoler un gène de l'intelligence pour pouvoir créer des êtres supérieurs ou à renforcer les capacités cognitives de l'homme en branchant son cerveau à la machine. Dans quel dessein ? Celui de dominer l'autre et de s'assurer une hégémonie définitive sur la planète. Notre plan vise à les en empêcher. Quand, au bout de deux à trois mois, les Titans s'apercevront que leurs bases de données sont infectées, ils chercheront une explication. Ils finiront par isoler le virus et constateront qu'il provient de machines au clavier chinois. Ils n'iront pas chercher plus loin. De toute façon, ils ne pourraient pas laisser la Chine faire la course en tête, alors qu'ils sont occupés à réparer leur système. Ils riposteront à l'attaque de façon massive, déclenchant une cyberguerre totale. Il sera temps, alors, de proposer au monde un projet alternatif.

— Et qu'attends-tu de moi ?

— Tu as accès aux principales bases de données de Phébé, comme j'ai accès à celles de Cronos et comme notre autre collègue a accès à celles d'Atlas. Le 21 mars, nous les infecterons. Cette date ne sera pas seulement celle du premier jour du printemps, elle sera celle du renouveau du monde.

— Cela ne marchera jamais. On nous identifiera très vite.

— Je te rappelle que notre virus est totalement invisible dans un premier temps. Il sera lancé de trois sources différentes, ce qui compliquera leur tâche. Il est bourré de leurres qui les empêcheront de remonter jusqu'aux ordinateurs d'origine. Puis ils se laisseront prendre à leur propre propagande : quand ils découvriront que l'infection est censée provenir d'une machine chinoise, ils ne chercheront pas plus loin et nous laisseront tranquilles.

Pierre est abasourdi. Encore une fois, Julia a l'air d'avoir pensé à tout. Elle parait si sûre d'elle. Il s'assied sur le lit pour tenter de réfléchir. Une question l'obsède depuis le début de ses explications.

— Mais alors, nous ? Notre rencontre ? Notre amour ? C'est aussi un leurre ? Juste pour me convaincre de vous rejoindre ?

Julia se redresse à côté de lui. Elle lui prend la tête entre ses mains et le fixe intensément.

— Non, Pierre. Nous, c'est autre chose. L'amour s'est invité au détour du chemin. Ce n'était pas prévu. Tu m'as fait craquer quand je t'ai vu pour la première fois à San Francisco. Tu étais si pur, si naïf. Je ne m'attendais pas à ça. C'est pourquoi j'ai disparu. Je ne savais plus quoi faire. Je ne voulais pas mélanger les sentiments et ma mission. Et puis, après réflexion, je me suis dit que l'histoire était remplie de couples de résistants amoureux : Lucile et Camille Desmoulins, Lucie et Raymond Aubrac. C'est romantique, non ? Nous pouvons changer le monde tous les deux. Ne ratons pas cette occasion.

Elle est en train de le rendre fou. Voilà qu'elle les compare à des héros de l'histoire. Il ne se sent pas du tout au niveau. Doit-il croire à sa sincérité ? Ne cherche-t-elle pas tout simplement à l'utiliser ? Et pourquoi prendrait-il un tel risque ? Il n'arrive pas à trancher cette question.

— Mais pourquoi ferais-je cela ?

Elle n'a pas lâché un seul moment son visage ni son regard. Elle rapproche sa bouche de son oreille pour lui murmurer sa réponse, comme une évidence :

— Pour moi... Pour nos enfants... Veux-tu vraiment qu'ils naissent dans ce monde ?

Puis sans attendre une réaction, elle le fait basculer en arrière et grimpe sur son corps. Il est de nouveau à sa merci.

XI

12 mars 2034, 9 heures.

Cela fait trois jours que le sommeil de Pierre est perturbé. La nuit dernière a été la pire. L'image de Julia est venue le hanter à chaque instant. Sa sentence « tu le feras pour moi, tu le feras pour nos enfants » tourne en boucle dans son cerveau. Il se sent pris au piège. Elle l'attire terriblement, c'est un fait. Son corps et son esprit ont pris possession de lui. Mais a-t-elle le droit de jouer ainsi avec ses sentiments pour le forcer à commettre un acte qu'il ne souhaite pas ? A lui faire prendre des risques considérables, quoi qu'elle dise ? Et pour quel résultat ? Détruire plutôt que construire, c'est tout l'inverse de ce qu'on lui a toujours appris, et ce dès son plus jeune âge. Il doit la revoir cet après-midi pour lui donner la réponse sur sa participation à la cyberattaque. Et il ne sait pas ce qu'il va lui dire.

C'est dimanche. Il prépare son petit-déjeuner sans conviction. Le café a le goût d'un café américain. Le sirop d'érable qu'il étale sur ses toasts est trop sucré. La pomme bio qu'il croque n'a pas de goût. Il enfile un jean, un pull et une veste, rassemble quelques affaires et se rend à son club de sport. En sortant, Sacha le gratifie de son immuable : « bonne journée Pierre ! ».

Il lui faut dix minutes à pied pour rejoindre le très prisé Palo Alto Sports Institute. Cet établissement est le lieu de communion autour du corps de bon nombre de jeunes cadres de la Silicon Valley. Il ne paie pourtant pas de mine avec son extérieur en briques rouges, son entrée dépouillée et sa salle principale en forme de hangar où s'alignent des dizaines et des dizaines d'appareils. Ce matin, c'est Jennifer qui est à l'accueil, si on en juge par le badge indiquant son nom, qu'elle porte sur une poitrine opulente.

— Bonjour. Tu as ta carte ?

— Oui. Bien sûr.

Pierre tend son titre d'abonnement à la jeune femme.

— Tu es nouveau ici ? C'est la première fois que je te vois.

— En effet, cela fait quinze jours que je me suis inscrit. Je ne suis venu qu'à deux reprises, mais à chaque fois tard dans la soirée.

— C'est bien ce que je me disais. Je t'aurais remarqué, lui sourit-elle avec un clin d'œil appuyé. Français ? Italien ?

— Français. Cela s'entend tant que cela à mon accent ? interroge-t-il, légèrement désappointé. On lui avait toujours dit jusque-là qu'il parlait parfaitement l'anglais.

— Très légèrement. Mais c'est ce qui fait tout ton charme.

Jennifer penche sa tête en souriant sur le côté, comme pour mieux l'observer. Ses yeux le scannent de la tête aux pieds. Cette inspection semble concluante car elle reprend de plus belle.

— Tu es depuis longtemps à Palo Alto ?

— Depuis le début de l'année seulement.

— Ah mais c'est tout récent. Tu bosses chez un Titan ?

— Difficile d'y échapper dans la région. Je travaille chez Phébé.

— Tu y fais quoi ?

— Data Analyst. J'analyse les données.

La deuxième partie de l'interrogatoire semble tout autant satisfaire la jeune femme. Elle se met à frétiller derrière le comptoir et à projeter inconsciemment sa poitrine vers l'avant. Son tee-shirt menace d'éclater sous la pression.

— Je pourrais peut-être te faire découvrir la région ? J'y suis née. Je la connais très bien.

La situation devient embarrassante. L'hôtesse est terriblement envahissante, dans tous les sens du terme. Pierre a été obligé de reculer pour ne pas avoir ses seins à moins de vingt centimètres de ses yeux. Il ne sait pas très bien comment décliner sa proposition sans paraître impoli… quand la réponse, évidente, s'impose à lui.

— Ma petite amie habite ici depuis trois ans. Elle a déjà commencé à me faire visiter. Mais merci, en tous cas. C'est très sympa.

Pour la première fois, il s'imagine avec Julia, à parcourir les côtes ou les grands parcs de Californie. Il se voit sur les routes avec elle, rouler dans une décapotable autonome, s'arrêter le soir dans un motel, passer des nuits aussi brûlantes que les deux précédentes. Et parler, discuter, échanger sur leur vision de la vie, sur leurs goûts, sur leurs idées. En bref, vivre à deux pendant plusieurs jours. Ils pourraient commencer par un week-end. Cette perspective le rend immédiatement heureux. Il lui proposera dès cet après-midi. Jennifer, elle, réprime à peine une légère moue désappointée à la réponse de Pierre, puis passe rapidement à autre chose.

Le jeune Français reprend sa carte d'abonnement et entre dans les vestiaires. Lorsqu'il se change, il ne peut s'empêcher de s'étonner des corps quasiment tous parfaits qui l'entourent. Il fait partie des plus minces et des moins musclés. Son voisin immédiat doit avoir des épaules qui font le double des siennes. Il se sent tout petit auprès de ces colosses qui ne cessent de l'observer. Sa gêne ne disparaît pas quand il entre dans la salle principale. Des dizaines d'hommes et de femmes, à l'anatomie hypertrophiée, juchés sur des appareils de cardio ou de musculation, l'inspectent du regard à son passage. Il est dans le temple de l'apparence, où il ne fait pas bon sortir des standards établis. Il grimpe sur un tapis de course où il enclenche rapidement la vitesse maximum. Il tient à cette cadence cinq minutes, puis baisse le régime de moitié, et reprend six fois ce cycle, sous l'œil étonné du coureur à côté de lui.

— Impressionnant ton rythme !

Le jeune Français le remercie, mais n'engage pas plus la conversation. Il est déjà perdu dans ses pensées. Il doit retrouver à 16 heures Julia dans un pub au centre de Palo Alto. Et il ne sait toujours pas quoi répondre à son projet de cyberattaque.

*

— Tu as réfléchi ?

Pierre redoutait cette question depuis déjà un moment. Cela fait plus d'une demi-heure qu'il est assis en face de Julia à deviser gaiement autour d'un verre. La jeune femme est rayonnante. Elle l'a une fois encore impressionné par son intelligence et sa culture dans tous les domaines qu'ils ont abordés, qu'il s'agisse de littérature française, d'architecture, de musique, de golf ou d'aviron. Son enthousiasme est communicatif. Il aimerait poursuivre la conversation comme ils l'ont commencée et lui parler de son projet de week-end avec elle. Mais il sent à cet instant qu'elle ne le laissera pas s'échapper sur des chemins de traverse tant qu'ils n'auront pas abordé le sujet principal de leur dernière rencontre. Il consent à lui répondre en partie, sans se montrer définitif.

— Julia, je ne crois pas être fait pour ce job. Je ne tiendrai pas. Je suis moins engagé que toi, moins convaincu aussi. Et puis, c'est de la folie ! On se fera prendre très vite.

— Je comprends, mon amour. Mais tu te sous-estimes. Je sais que ce n'est pas une question de conviction. Tu es tout aussi persuadé que moi qu'il faut mettre fin à la dictature des Titans. Le problème est que tu n'oses pas. Tu ne te fais pas suffisamment confiance. Ou tu ne me fais pas suffisamment confiance. Je ne sais pas. Mais je t'assure. Il n'y a aucune chance, avec la sophistication de notre virus, qu'ils nous découvrent.

— Soit. Admettons. Mais qu'est-ce qui va faire ensuite que vous allez réussir à établir ce nouvel ordre que tu appelles de tes vœux ? Comment peux-tu être si sûre de toi ? Le risque d'échec est considérable.

— Nous sommes prêts, Pierre. Ce plan, nous l'échafaudons depuis des années. Nous sommes des millions, capables de nous mobiliser. Notre idéal d'un monde qui respecte mieux l'homme et son environnement est juste. Des mouvements politiques sont organisés, dans chaque pays occidental, pour relayer notre message. De nombreuses entreprises sont prêtes à nous rejoindre sur la promesse d'un modèle qui alliera efficacité économique et respect social, environnemental et éthique. Les consommateurs, les travailleurs et les citoyens n'aspirent qu'à cela. Ils en ont été privés au cours de ces dernières années. Ils constateront avec l'effondrement des Titans, que l'ordre ancien n'était qu'illusion d'efficacité et de sécurité. Sa chute révèlera toute ses faiblesses et son extraordinaire emprise sur les libertés. Personne ne voudra y revenir.

— Mais as-tu pensé à toutes les victimes que nous allons faire avant d'en arriver là ?

— Les mouvements de résistance et les révolutions ont toujours fait des martyrs. J'y pense tous les jours. Mais les Titans arrêteront très vite leurs systèmes avant qu'il y ait trop de dégâts. Ils y ont intérêt. Quant à leur riposte sur la Chine, ils cibleront leurs attaques sur les infrastructures du pays. Ils ne prendront jamais le risque d'une guerre visant des civils.

— Tout cela n'est quand même que conjecture…

— Certes. Mais c'est notre métier à tous les deux d'échafauder des hypothèses et d'étudier leur probabilité d'occurrence. Si tu poses tranquillement les paramètres sur la table, tu verras que notre plan a toutes les chances d'aboutir. Je te le redis. Les Titans sont des colosses aux pieds d'argile. En nous attaquant aux données qui sont le cœur de leur système, nous les paralyserons vite.

Pierre est à chaque fois surpris par la capacité de conviction de Julia, son absence d'hésitation. Son corps est tendu vers lui, ses yeux le fixent intensément. Son insistance le met mal-à-l'aise. Il ne sait pas quoi lui répondre. Il aimerait être aussi décidé, aussi fort qu'elle. Mais il doute. Il doute tout le temps.

— Julia, je crains de ne pas être à la hauteur. Je ne crois pas être capable de supporter la pression et le stress d'une telle aventure. J'ai déjà du mal à activer mon bracelet électromagnétique à chacune de nos rencontres. Je me surprends à trembler à l'idée que quelqu'un de Phébé puisse nous voir ensemble. Quand nous aurons lancé l'attaque, je serai incapable de dissimuler mon anxiété et la peur d'être découvert. Je risque, par mon attitude, de mettre en danger toute l'opération. N'oublie pas que je suis surveillé 24 heures sur 24 par cette maudite puce dans mon poignet. Nous ne pourrons pas tout le temps la neutraliser.

Le Français vient de prononcer ces mots d'une seule traite, comme pour mieux s'en débarrasser. Il craint la réaction de la jeune femme en face de lui. Il a peur de la décevoir. Il voudrait pouvoir afficher une mâle assurance, rouler des mécaniques. Mais il ne sait pas faire autrement qu'être sincère. L'enjeu est trop important. Il doit tout lui dire de ses doutes. Au risque de la perdre.

Julia le dévisage. Il ne sait pas quoi lire dans ses yeux. Il a du mal à soutenir son regard. Elle lui prend le poignet et caresse mécaniquement le bracelet qui l'entoure. Son geste est à la fois ferme et doux. Elle semble réfléchir. Le jeune homme n'ose pas se dégager de son emprise. Il reste immobile, penché en avant, ayant trop peur de déclencher une réaction qu'il pourrait regretter ensuite. La situation en devient presque inconfortable. Un long moment s'écoule sans qu'ils échangent un mot. Elle tient le sort de leur histoire entre ses mains et il attend qu'elle le décide. Mais au fur et à mesure des secondes qui passent, il mesure à quel point il tient à elle. C'est donc avec un immense soulagement qu'il la voit relâcher la pression sur son avant-bras et lui sourire tendrement.

— Je comprends, Pierre. Je ne veux rien t'imposer. Mais je pense que tu te sous-estimes grandement. Et puis, tu n'es pas seul. Nous sommes deux. A deux, nous sommes beaucoup plus forts. D'une force que tu ne peux même pas imaginer. Veux-tu que je te le prouve ? Suis-moi. Tu prendras ta décision définitive après.

Julia se lève subitement. Elle le laisse à peine régler leur consommation. Elle ne lui a toujours pas lâché le poignet. Elle l'entraîne derrière elle sans qu'il ait eu le temps de répondre à sa proposition.

*

Au bout de dix minutes de marche, ils arrivent devant un vaste immeuble blanc sur lequel on peut lire en lettres rouges : *Stanford Advanced Brain Monitoring Laboratory*[4]. Julia entre avec un badge et se dirige sans hésitation vers le fond du hall, Pierre sur ses talons. Elle jette à peine un coup d'œil à la réceptionniste derrière la banque d'accueil. Ils passent tous deux par un portillon pour se retrouver dans une cour intérieure qu'ils traversent afin de se rendre dans un deuxième bâtiment. Ils franchissent sans difficulté un nouveau sas de sécurité et

---

[4] Laboratoire de surveillance avancée du cerveau.

s'arrêtent devant une salle d'où provient un bruit assourdissant de fusillades.

— Julia, tu peux m'expliquer ?

— Bien sûr, Pierre. Je voudrais te démontrer que tous les deux, nous pouvons surmonter les plus grands défis, pour peu que nous soyons capables de faire taire nos doutes intérieurs et de révéler nos véritables potentialités.

— Je ne comprends pas.

— Nous menons depuis une vingtaine d'années des recherches approfondies sur le cerveau. Les casques transcrâniens, que nous utilisons chez les Titans pour stimuler notre concentration, sont tout droit sortis de ce laboratoire. Mais nous en avons de plus puissants, testés sur des athlètes pour les préparer à la compétition, ou sur des militaires pour les entraîner au combat. En faisant passer un faible courant électrique dans certaines zones de l'encéphale, ils accélèrent la formation de nouvelles voies neuronales et facilitent l'apprentissage. Ils réduisent parallèlement l'activité du cortex préfrontal et font taire les pensées autocritiques. Ils permettent ainsi à des processus plus automatiques de s'installer, ce qui améliorent très significativement les performances. Entendons-nous bien. Ils ne feront jamais d'un joueur de tennis médiocre un champion ou d'un froussard un héros. Mais ils révèlent le véritable potentiel de chacun en le libérant du doute et des limites injustifiées qu'il se fixe.

Pierre a déjà pris l'habitude, depuis son arrivée chez Phébé, d'utiliser de tels casques pour faciliter sa concentration et augmenter sa capacité de travail. Mais il voit mal en quoi cet outil pourrait le transformer subitement en Superman. Julia sera certainement déçue. Mais c'est peut-être un bon moyen de lui faire abandonner son projet déraisonnable.

Le vacarme provenant de la salle devant eux n'a pas cessé depuis leur arrivée. Il provoque d'ailleurs chez le Français un stress latent, que l'annonce de la jeune femme va décupler.

— Derrière cette porte, il y a un parcours d'entraînement pour militaires. Quarante soldats virtuels, armés jusqu'aux dents, nous y attendent. Nous devrons éviter leurs balles et les descendre un à un.

— Mais c'est impossible ! s'écrie Pierre. Je ne sais même pas manier une arme. J'ai peut-être tiré trois fois à la carabine dans toute ma vie, et encore… seulement dans des fêtes foraines.

— Ne t'inquiète pas, répond calmement Julia. Tu seras entraîné au préalable. Une séance de deux heures suffit normalement pour apprendre l'essentiel et bien s'en sortir.

Le jeune homme est totalement incrédule. Sa bien-aimée n'a décidément pas fini de le surprendre. Il protesterait volontiers, mais un homme arrive avec un casque et un fusil. Il lui demande de le suivre. La jeune femme l'encourage d'un signe de tête. Il obtempère, désemparé, sans très bien comprendre dans quoi il s'engage.

*

La séance d'entraînement s'avère beaucoup plus facile qu'il ne l'imaginait. Une fois muni du casque réglé sur l'intensité cinq, il apprend à se servir d'un fusil d'assaut à courte portée. Les premiers essais ont lieu en position immobile, puis en mouvement. Dans le dernier quart d'heure, il réussit à atteindre ses cinq cibles. Il se rend compte à cette occasion que sa souplesse naturelle, sa rapidité, son endurance acquise par la course et l'aviron, l'aident considérablement. Et il se découvre une précision dans ses tirs dont il ne se savait pas capable.

Quand il revient devant la porte de l'espace d'entraînement, deux heures après l'avoir quittée, une partie de son appréhension a disparu. Mais le bruit infernal des fusillades le replonge rapidement dans l'angoisse. Comment pourra-t-il ne pas rester paralysé face à quarante tireurs, même virtuels ? Julia l'attend en souriant. Elle est déjà coiffée de son casque et vêtue d'une combinaison destinée à recenser les impacts de balles sur son corps durant l'exercice. Pierre s'équipe à son tour. Ses mains sont moites. Il arrive à peine à tenir son fusil. Il renoncerait volontiers, mais il n'en a plus la force. Sa bien-aimée le regarde avec fierté. Elle l'encourage. Elle lui offre même un baiser fougueux. Son dernier geste, vis-à-vis de lui, est de positionner la puissance de son casque sur dix. Avant d'entrer.

La salle est plongée dans le noir. On n'en distingue pas le fond. Le bruit a provisoirement cessé en attendant que la séance débute. Julia est à ses côtés. Il peut entendre sa respiration, calme, profonde. Quand elle a augmenté l'intensité du courant électrique qui lui traverse le cerveau, il a perçu un léger picotement, puis comme un goût de métal dans la bouche. Mais il a surtout ressenti immédiatement une très grande paix. Pour la première fois de sa vie, toutes ses voix intérieures se sont tues. Il est maintenant calme, concentré sur son objectif.

Sans crainte et sans doute. Ils sont accroupis sur le sol tous les deux et jaugent la situation. Ils sont prêts.

Quand les deux premiers agresseurs se précipitent sur eux en hurlant, Pierre ajuste rapidement son tir et abat l'un d'entre eux. Sa coéquipière descend le second. A droite, un nouvel assaillant apparaît, puis à gauche. Ils se multiplient, surgissant maintenant de partout dans un bruit infernal de fusillades. Le Français respire profondément avant de choisir la cible la plus proche, puis la suivante, puis une autre. Julia a décidé d'avancer. Il la suit en restant courbé, et tente de la protéger. Ils progressent ensemble. Ils sont à l'unisson dans leurs gestes, dans leurs réactions, décimant l'ennemi méthodiquement. Les cadavres virtuels s'amoncellent les uns après les autres sur leur passage. Pierre en tire un sentiment d'invulnérabilité. Quand la lumière se rallume pour indiquer que la séance est terminée, il est déçu. Il aurait aimé continuer. Il s'est senti fort aux côtés de sa bien-aimée. Il n'a jamais ressenti une telle communion instinctive avec quelqu'un et une telle confiance réciproque. Quand il s'étonne de la brièveté de l'exercice, on lui répond qu'il a duré vingt minutes. Il aurait juré que seulement cinq s'étaient écoulées depuis leur entrée. Quand il demande leurs résultats, on lui annonce qu'il a descendu quinze assaillants et qu'il a été touché par huit tirs dont trois mortels. Julia a abattu vingt-cinq cibles sans avoir été blessée grièvement. Il aurait juré avoir tué le double d'agresseurs.

Les deux amoureux enlèvent leur combinaison et leur casque, et se précipitent dans les bras l'un de l'autre. Ils ont réussi. Leur score est excellent.

— Tu vois, Pierre. Je te l'avais dit. Tu es capable de beaucoup plus que tu ne le crois.

— C'est extraordinaire ! Je n'aurais jamais imaginé que je puisse me sentir un jour aussi bien. Pour la première fois, je n'ai pas pensé à ce que je faisais. Je me suis concentré uniquement sur le résultat. Les effets du casque sont prodigieux.

— Ne te méprends pas. L'appareil n'a fait que réduire au silence les voix intérieures qui t'empêchent d'avancer. Mais les capacités, tu les as. Il te suffit de les libérer.

Cette réponse laisse le jeune Français perplexe. Pourrait-il être aussi efficace sans la stimulation électrique ? Il n'en est pas persuadé. Mais Julia poursuit son raisonnement, inflexible.

— Nous pouvons affronter ensemble les plus grands défis. Prends encore ton temps. Réfléchis bien. Mais tu es parfaitement capable de supporter la pression et le stress de l'aventure que je te propose. Je viens de te le démontrer. Retrouvons-nous le 17 au soir à l'hôtel. Tu me donneras à ce moment-là ta réponse définitive.

Quand Julia repose son casque dans sa boîte de rangement, Pierre s'aperçoit avec stupéfaction qu'il est resté pendant tout le temps de l'exercice sur la position zéro.

XII

17 mars 2034, 8 heures.

Est-ce le résultat prolongé du casque ou un effet placebo ? Les nuits du jeune Français ont été beaucoup plus calmes depuis la séance de tirs du dimanche précédent. Ses cauchemars et ses interrogations en boucle ont cessé. Il se réveille même le matin du 17 mars serein, alors qu'il n'a pourtant toujours pas décidé ce qu'il allait dire quelques heures plus tard à Julia. Mais cette question ne l'empêche pas d'avaler, le cœur léger, son petit-déjeuner.

Quand il sort de son appartement, il est surpris de trouver la porte de Symes ouverte. Une huitaine de sacs de supermarché bourrés à craquer s'étalent dans son entrée. Ils semblent majoritairement remplis de livres. Le vieux fou apparait, les bras chargés d'une dizaine d'autres ouvrages.

— Ah… je ne m'en sors pas. Et je dois être parti d'ici à 9 heures. Vous ne pouvez pas m'aider mon jeune ami ?

— Si. Bien sûr. Mais que se passe-t-il ?

— Je suis tout simplement viré. Mon loyer a été multiplié par cinq entre février et mars. Et je n'ai pour vivre que ma petite retraite et un peu d'argent mis de côté lorsque j'étais précepteur. Je ne peux plus payer.

— Mais ils n'ont pas le droit…

— Vous êtes décidément bien naïf, jeune homme ! Dites-vous une bonne fois pour toutes qu'ils ont tous les droits. Tout leur appartient. Ma liberté de penser les excède. Peut-être me reprochent-ils les propos que je vous ai tenus ?

— Comment pourraient-ils les connaître ?

— A ce niveau, ce n'est même plus de la naïveté… Ils connaissent tout, ils entendent tout. Ils ont des capteurs partout. N'en portez-vous pas un vous-même ? Moi, je n'ai jamais voulu me soumettre. J'ai toujours refusé de leur livrer mes données. En conséquence de quoi, je ne suis pas éligible au revenu minimum et je ne peux pas être assuré. Je dois me faire opérer le mois prochain. Je vais devoir tout payer de ma poche et me retrouver à la rue. Ou pire, chez ma sœur, avec son abruti de mari qui regarde des séries du matin au soir en picolant. C'est la pire punition qu'on puisse infliger à un vieil ermite comme moi. Ils le savent très bien. Mais je ne cèderai pas.

— Je serais heureux de vous aider, Monsieur Symes… y compris financièrement.

Le vieil homme lève un œil vers son jeune voisin, l'air surpris.

— Vous n'êtes peut-être pas aussi corrompu que vos congénères. Vous devez appartenir plus à la race des prisonniers qu'à celle des geôliers.

— Prisonniers ? Geôliers ? Je ne comprends pas bien.

— C'est que vous ne connaissez pas *le mythe de la caverne* de Platon. Il est pourtant fort utile. Je vais vous le raconter pendant que nous rangeons. Vous voulez bien ?

— Oui. Avec plaisir, répond Pierre sans conviction.

— Des prisonniers sont assis, enchaînés dans une caverne depuis leur plus tendre enfance. Derrière eux, brûle un feu. Chaque soir, leurs geôliers passent devant le brasero avec des images découpées, à la manière de montreurs de marionnettes. L'ombre qu'ils projettent sur les parois révèle des objets auxquels ils donnent un nom : ainsi ils appellent « cheval » l'ombre dessinée du cheval. Comme les hommes ligotés ont toujours vécu ainsi, ce qu'ils voient est le monde, leur monde. Un jour, l'un d'entre eux arrive à se libérer de ses chaînes. Il se lève, aperçoit le feu et un chemin qui grimpe vers une autre forme de clarté. Il l'emprunte et arrive à l'air libre. La lumière du jour l'éblouit avant de l'éclairer. Puis il arrive à distinguer un cheval, un vrai, qui galope, qui hennit. Il perçoit une fontaine, avec de l'eau qui ruisselle, des arbres, une prairie. Levant les yeux au ciel, il découvre le soleil qui donne aux êtres et aux choses leur forme reconnaissable, et dont aucune image ne saurait donner l'idée. Ivre de bonheur, il retourne dans la caverne raconter à ses compagnons ce qu'il a vu et les libérer. Mais ceux-ci, effrayés à l'idée d'un monde différent, persuadés que leur collègue les trompe, se liguent pour le tuer. Cette histoire est la nôtre, mon jeune ami. Notre caverne est celle d'un pseudo progrès technologique dans lequel les Titans nous ont enfermés pour ce qui est censé être notre Bien. Mais ce n'est qu'une illusion, une ombre projetée dans notre cerveau. La seule réalité est qu'ils nous retiennent prisonniers pour leur seul profit. Nous sommes un certain nombre, par notre éducation et notre culture, à pouvoir encore le refuser et choisir la lumière. C'est ce que j'ai fait et me voilà à la rue. Mais vous, quel est votre choix ? Voulez-vous être geôlier ? Rester prisonnier ? Ou vous évader au risque d'en payer également le prix ?

Pierre reste interdit. Cette question fait écho à ses propres interrogations. Il reste un instant immobile, les bras chargés de livres de philosophes : Spinoza, Heidegger, Bergson, Sartre, Arendt… Rien que des philosophes de la liberté ! Il les a très brièvement étudiés en Terminale, avant que la matière ne fasse plus partie de son programme d'études supérieures. Il aurait bien poursuivi la conversation avec Symes, mais il comprend que celui-ci doit quitter son appartement à 9 heures précises. Il s'empresse donc de réunir ses dernières affaires et de les descendre jusqu'à la navette autonome qui l'attend au bas de l'immeuble. Il charge non sans mal la quinzaine de sacs, valises et colis dans le véhicule et regarde s'éloigner le Joker. Ils n'ont échangé que leurs coordonnées et quelques mots d'une consternante banalité au moment de se séparer. Pierre se rend compte qu'il n'a pas répondu à la question du vieil homme. Mais il sait, en même temps, que celui-ci n'attendait pas de réponse.

*

Le reste de la matinée se passe calmement à la Ruche, à relire les premiers scenarii de *la Casa de Papel* qui lui arrivent. Le travail avance vite, facilité par la précision des synopsis qu'il a préparés. L'atmosphère est autrement plus agitée, l'après-midi, quand il rejoint le Département de l'Information. Les équipes sont occupées à circonscrire l'influence du nouveau rapport du GIEC[5] qui annoncent de nouvelles projections catastrophiques sur le réchauffement climatique et la montée des océans. O'Brien est à la manœuvre, en véritable commandant en chef d'une armée de l'ombre. Une partie de ses troupes l'entoure, dont son principal adjoint.

— Charrington, je veux qu'on me dézingue ce rapport. Je ne comprends même pas qu'on l'ait laissé sortir. Qui intéresse-t-il maintenant que tous les pays américains et asiatiques ne font plus partie du groupement ? Trois, quatre pays européens qui s'agitent, puis les Maldives, la Micronésie, les Seychelles ou les Tuvalu, qui de toute façon, dans vingt ans n'existeront plus ? Comment réussissent-ils à faire un tel ramdam avec si peu de moyens ?

— Les gens sont inquiets. Ils voient bien qu'ils ont de plus en plus de mal à respirer. Que les catastrophes naturelles se multiplient. Que leurs côtes reculent à vue d'œil. Quand un rapport sort en ce sens, il est tout de suite crédible. Plus que nos centaines d'études qui tentent de prouver le contraire.

— Eh bien, la prochaine fois, on ne le laisse pas sortir. Et pour le moment, tu me contactes tous nos influenceurs sur l'environnement pour qu'ils me torpillent ses conclusions. On les relaie jusqu'à plus soif. Cela doit être un concert de cuivre qui écrase le son du pipeau.

Pierre s'est approché. Il écoute avec attention la conversation. O'Brien s'en aperçoit et tempère son propos.

---

[5] GIEC : Groupe d'Expert Intergouvernemental sur le Climat créé en 1988, qui a pour mission d'évaluer les informations scientifiques, techniques et socio-économiques pour mieux comprendre les risques liés au réchauffement climatique d'origine humaine.

— Le problème, c'est que ces pseudo-experts du GIEC n'ont pas de vision globale du progrès. Ils ont les yeux rivés sur quelques indicateurs immédiats. Mais la bataille des gaz à effet de serre se gagne sur le long terme. L'internet des objets et les énergies renouvelables vont permettre une réduction des émissions considérable. Et demain, on capturera le dioxyde de carbone à la sortie des cheminées d'usine, pour le transformer en acide formique qui alimentera les piles à combustibles de nos voitures. Les solutions sont là, dans la technologie, pas dans l'affolement des populations.

— Pourquoi n'ont-elles pas été développées alors de façon massive, l'interrompt Pierre ? Les énergies fossiles représentent toujours plus de 80 % de la consommation mondiale d'énergie. Leur part est même repartie à la hausse depuis quinze ans.

— C'est une question de moyens. Il y a eu la crise des années vingt. Difficile de fermer toutes les centrales à charbon ou les raffineries de pétrole quand elles produisent les ressources énergétiques les moins chères. Il aurait fallu mettre également des centaines de milliers de personnes supplémentaires au chômage. Ce n'était pas acceptable. Mais on s'est adapté. Chacun s'est équipé d'air filtré à son domicile. On travaille de plus en plus par vidéo conférence pour éviter les déplacements. On voyage par l'intermédiaire de son casque de réalité virtuelle.

— Pour autant, le taux d'émission de gaz à effet de serre n'a pas cessé de grimper. Et tout le monde n'a pas les moyens de s'équiper d'air filtré. Quant aux voyages, ils ont certes été réduits, mais les plus favorisés continuent à se rendre aux Seychelles ou aux Maldives… avant que ces îles paradisiaques ne disparaissent sous l'effet de la montée des eaux et du réchauffement climatique.

— Ton discours fleure bon les relents communistes du Vieux Continent, *rookie*. C'est ce type d'arguments qui vous a mis, vous Européens, à la remorque de la planète, et qui vous a fait dépasser dans l'histoire par les Etats-Unis, puis par la Chine, et demain par l'Inde ou l'Australie. Je suis sûr que tu ne connais pas *La Fable des Abeilles* de l'Anglais de Mandeville, que nous faisons étudier dans toutes nos écoles primaires. Sa morale est bien plus intéressante que les morales gentillettes de votre La Fontaine. Elle raconte l'histoire d'une ruche florissante où règne l'immoralité entre les abeilles : le travail des unes est exploité au bénéfice des autres. Chacune s'en plaint mais tente elle-même d'en profiter. Jusqu'au jour où Jupiter, excédé par leurs incessantes récriminations, décide de les rendre toutes vertueuses. La conséquence immédiate est que le travail s'étiole, l'organisation s'effondre et elles finissent par devenir misérables. La prospérité collective résulte du vice privé. L'appât du gain, la compétition, l'envie font tourner le monde. Chaque individu, en ne cherchant que son intérêt personnel, œuvre d'une manière beaucoup plus efficace au profit de tous. C'est pour cela que les régimes libéraux l'ont toujours emporté sur les régimes communistes.

— Si ce n'est qu'on arrive aujourd'hui peut-être aux limites de cette morale ?

— Mais pas du tout. Au contraire. Le progrès nous délivre de toutes les limites. Nous n'avons jamais été aussi efficaces. Nous allons lancer cette année les premières exploitations minières sur astéroïdes. Nous pourrons greffer d'ici à cinq ans des poumons capables d'éliminer intégralement les particules fines, le dioxyde d'azote et l'ozone. Et si, à la fin du siècle, la vie sur Terre est devenue impossible, on pourra toujours coloniser Mars. Elon Musk nous y prépare.

Pierre se demande si O'Brien plaisante. Mais il n'en a pas l'air. La lueur de ses yeux, intense, fiévreuse, lui rappelle à cet instant celle qu'il a vu briller dans les yeux de Steve, le lendemain de son arrivée. Il sait à cet instant qu'il a pris sa décision. Il aidera Julia. Il doit combattre avec elle cette folie. Il décide alors de ne plus répliquer à son mentor. Trop dangereux. Il ne doit pas se faire remarquer et passer pour un bon petit soldat. Celui-ci se tourne d'ailleurs vers lui d'un air soupçonneux.

— Dis-moi, *rookie*, au lieu d'ergoter sur le sexe des anges, as-tu avancé sur notre dossier brésilien ? M'as-tu trouvé la faille qui va nous permettre de remporter les élections ?

Pierre remarque immédiatement le *nous* associé *à remporter les élections*. Les politiques ne sont décidément plus que des marionnettes dans les mains des Titans. Il a analysé le dossier du candidat sortant protégé par Phébé : corruption, confiscation des richesses par une minorité, dilapidation des ressources naturelles, pauvreté galopante, son bilan à la tête du pays est une catastrophe. Il n'a a priori aucune chance de conserver le pouvoir.

— Je ne vois qu'une solution : battre l'adversaire sur son terrain. Il propose de façon démagogique de gigantesques transferts sociaux qu'il ne saura pas financer et qui mettront une partie des entreprises du pays à genoux. Nous proposons le revenu minimum financé par la donnée, comme aux Etats-Unis. Et les Titans abondent le programme à hauteur de 50 %.

— Mais cela va nous coûter une fortune. La proportion de pauvres est considérable au Brésil. Ils seront plus occupés à dépenser leurs allocations pour se nourrir auprès de locaux qu'à acheter nos produits.

— C'est un investissement de long terme. Tu empêches dans un premier temps le pays de tomber dans des mains ennemies. Et tu verrouilles ensuite le système en installant un contrôle des citoyens sur la base du volontariat rémunéré. Tu mets ainsi la main sur un pays stratégique, indispensable par ses ressources naturelles aux Etats-Unis.

— Tu peux me faire une simulation du coût d'une telle proposition pour nous, de son retour sur investissement, et de son impact possible sur les intentions de vote ?

— Oui, bien sûr. Mais j'ai besoin pour cela d'avoir un large accès aux bases de données et à nos outils d'intelligence artificielle. Il faut que je puisse mesurer l'impact du revenu minimum sur le comportement et les usages des consommateurs dans tous les pays où il a été mis en place. Je comparerai ensuite avec la situation brésilienne.

— Très bien. Tout ce que tu veux. Je donne des instructions en ce sens. Mais je veux ton analyse avant la fin du mois. Il nous reste seulement sept semaines avant les élections.

*

Quand Pierre rejoint son amour ce soir-là à l'hôtel, il est déterminé. Il salue le réceptionniste et traverse d'un pas tranquille le hall. Il sourit aimablement aux clients qui descendent de l'ascenseur, avant de s'y glisser. Le miroir à l'intérieur de la cage lui renvoie l'image d'un homme sûr de lui. Il fixe un instant le bracelet à son poignet. Il a du mal à réaliser la situation. Quelle incroyable aventure ! Les portes s'ouvrent doucement. Le couloir lui semble plus clair, la moquette moins sombre. Il n'y a toujours personne. La porte de la chambre 212 l'attend. Il y frappe trois coups légers. Elle s'ouvre immédiatement et Julia lui saute dans les bras. Ils s'embrassent fougueusement. Sur la desserte, une bouteille de champagne a remplacé la bouteille de vin blanc dans le seau. Elle lui tend une coupe.

— A nous. A notre amour. A notre victoire. Et à un monde meilleur, dit-il en levant son verre.

— A notre amour. A un monde meilleur, se contente-t-elle de répéter.

Enflammé, il lui raconte sa journée : le départ de Symes, l'échange avec O'Brien, son accès à de nouvelles bases de données. Il lui répète *le mythe de la caverne.* Il lui dit qu'elle lui a ouvert les yeux et lui a fait apercevoir la lumière. Le théâtre d'ombres autour de lui s'est effondré. Il la suivra et ensemble, ils délivreront le monde de ses illusions. Il est fiévreux. Elle le laisse parler sans l'interrompre, le regard lointain. Il lui prend les mains et les secoue.

— Nous vaincrons, Julia. Ensemble, nous vaincrons.

Elle revient à elle, lui sourit. Un voile passe sur ses yeux. Elle dégage sa main droite de son emprise pour la plonger dans sa poche. Elle en tire une clé USB qu'elle lui tend.

— Le 21, tu n'as qu'à charger le contenu de cette clé dans l'une des bases de données. Et le travail se poursuivra tout seul.

Il se saisit de la clé et la porte à ses lèvres.

— C'est elle qui nous délivrera.

Julia le regarde faire. Elle est absente. Sa tête se tourne vers la fenêtre comme si elle voulait fuir. Pierre la saisit par les épaules pour la ramener contre lui. Elle se laisse faire. Mieux, elle se blottit. Ils basculent ensemble sur le lit. Ils se lovent une nouvelle fois l'un contre l'autre et restent ainsi de longues minutes. Puis ils font l'amour comme si c'était la dernière fois.

XIII

21 mars 2034, 7 heures.

Pierre est réveillé par la vibration de son téléphone crypté qui lui délivre ce message de Julia.

Jour J. Je t'aime.

Il saisit immédiatement l'appareil pour lui répondre.

Je suis prêt. Je t'aime.

Il aurait aimé pouvoir continuer la discussion. Mais il sait que la jeune femme ne lui répondra pas. Elle n'est pas du genre à converser pour le plaisir par texto. Il soupire en reposant le portable. La journée va être longue et usante nerveusement. Il décide de la commencer par un jogging, pour tenter de se détendre avant d'aller au bureau.

Quand il sort, l'atmosphère lui paraît encore plus irrespirable qu'un mois et demi plus tôt. Le ciel est bas et forme comme un couvercle qui retient les particules fines. Il se demande l'espace d'un instant s'il ne devrait pas rentrer. Mais il se refuse à renoncer. Quels que soient les aléas, il poursuivra.

Il commence à trottiner. Au bout de cinq minutes, sa gorge le pique. Ses poumons se rétractent. Il manque d'oxygène. Il cherche à calmer sa respiration et va chercher de l'air au plus profond de son corps. Progressivement, ses bronches semblent s'habituer et retrouver leur capacité. Il allonge sa foulée. Il arrive au bout d'un quart d'heure devant Bedwell Bayfront Park. Sa course l'a guidé jusque-là sans qu'il en prenne réellement conscience. Les avertissements de fin de diner de O'Brien lui reviennent en mémoire. Pourtant il s'en moque. Il entre.

Il est aussitôt pris en chasse par un drone qui le suit à travers les marais. Le bourdonnement devient vite irritant. Quand, à un moment, l'appareil se rapproche de lui, une envie irrépressible le prend : il lui fait un doigt d'honneur. Ce geste le libère. Il accélère encore le rythme, rebondissant d'un pied sur l'autre pour éviter les pierres. Le sentier le conduit de nouveau à la mer. La brume y est toujours installée. Elle ne semble pas avoir quittée l'endroit depuis son dernier passage. Le vent est toujours là également. Il lui fouette le dos. Mais il l'encourage aussi à avancer, à se dépasser. Il poursuit son chemin, maintenant sa foulée et parcourant les quinze kilomètres du parc. Il ne croise personne. Une heure et demie plus tard, il est de retour à son appartement. Il fait quelques gestes d'étirement, reste de longues minutes sous la douche chaude et s'habille. Il est prêt à affronter la journée.

*

Sur le chemin du bureau, il reçoit un SMS de O'Brien lui demandant de passer à l'Information dès son arrivée. Lorsqu'il arrive au Campus Sud, il oblique vers la gauche au rond-point. Plus vigilant qu'à son habitude, il observe les caméras sur son passage. Il y en a partout. L'enceinte a été conçue comme une forteresse imprenable de l'extérieur et un palais des glaces pour l'interne. A l'accueil, Q lui jette à peine un regard. Il arbore son immuable rictus, mélange de condescendance et de méfiance. Charrington l'accueille au dernier étage. Ses tentatives pour imiter son supérieur – à moins qu'il ne s'agisse d'un mimétisme involontaire – irritent Pierre au plus haut point.

— Salut *rookie*. Le Grand Chef m'a demandé de vérifier ta puce. Il paraît qu'elle déconne.

— Ah bon, s'étonne faussement le jeune homme. Je n'ai rien remarqué. Comment vois-tu cela ?

— Dans les enregistrements. Il y a des phases où nous n'avons plus rien. Les nuits du 2 mars, du 8 mars, du 17 mars par exemple... Tu ne te rappelles pas ce que tu as fait ces nuits-là ?

— Si. Je suis allé en boîte.

— Tout seul ? Cela ne me paraît pas trop ton style...

L'adjoint de O'Brien le dévisage, l'air soupçonneux. Il a hérité des manières brutales de son supérieur, sans en avoir le charme et le charisme. Ses petits yeux, enfouis au fond de son visage, tentent de percer l'âme de son interlocuteur pour chercher la vérité. Ses mots ont été prononcés lentement, d'une voix aigrelette. Pierre répond de façon dégagée, en contre-attaquant.

— Eh bien, il ne faut pas se fier aux apparences. Et puis-je te demander, de toute façon, en quoi cela te concerne ?

— Tout à fait, répond Charrington, sans se départir du ton acide qu'il a décidé d'employer. Tu as beaucoup de chances d'avoir été recruté chez Phébé. Tu bénéficies d'un travail intéressant, d'une rémunération importante, de possibilités d'évolution significatives. Tu as accès au cœur du réacteur de notre organisation. Tu peux y jouer un rôle primordial. Mais cela a une contrepartie. Que nous puissions avoir une totale confiance en toi ! Et cette confiance passe par la transparence. Que faisais-tu les nuits du 2, 8 et 17 mars ?

— Je te l'ai dit : j'étais en boîte.

Chacun des deux hommes soutient le regard de l'autre. Aucun ne veut abandonner la partie qui vient de s'engager.

— Je ne voudrais quand même pas avoir à te demander de passer au casque de vérité, menace l'adjoint de O'Brien.

— Je ne voudrais quand même pas quitter l'entreprise sur un malentendu, à cause d'un circuit intégré qui ne marche pas, lui rétorque le jeune Français. Mais ce n'est pas grave : je suis sûr que Cronos ou Atlas sauront m'employer utilement.

— Très bien. Si c'est ainsi, nous allons vérifier ta puce…

Le danger s'écarte. Pierre respire. Il a le sentiment d'avoir remporté une première manche. Mais il se sait maintenant surveillé. Il devra être encore plus méfiant. Comme attendu, le contrôle du microprocesseur par l'appareil de Charrington ne décèle aucun problème particulier.

— Il y a très certainement des champs électromagnétiques importants dans la boîte dans laquelle je vais, reprend le jeune homme. C'est ce qui doit expliquer ces interruptions dans la captation.

— C'est possible. Nous allons vérifier. Donne-moi l'adresse.

Charrington n'a relâché la pression un instant que pour mieux la remettre. Il continue à avancer ses pions. Pierre se sent pris au piège. Difficile de ne pas se souvenir du lieu où il est censé avoir passé trois nuits. Il va ouvrir la bouche pour s'insurger contre la méfiance de son interlocuteur et menacer une nouvelle fois de démissionner, quand il se souvient de l'enseigne d'un night-club à proximité de l'hôtel où il retrouve Julia.

— C'est sur la El Camino Real à Palo Alto, pas très loin d'un hôtel qui s'appelle le Comfort Inn. Je ne connais pas l'adresse exacte.

Aux échecs, on appellerait cela un roque. Il vient de se mettre provisoirement à l'abri par un déplacement latéral inattendu en offrant à son adversaire une nouvelle cible de moindre importance.

— Tu connais bien le nom au moins ?

Décidément, Charrington ne lâche jamais. Le Français prend calmement son téléphone pour effectuer une recherche par géolocalisation.

— Le Crystal Palace, 1183 El Camino Real à Palo Alto.

*

Quand il sort de son entretien avec l'adjoint de O'Brien, Pierre est éprouvé. Il se sent traqué. Ils vont très certainement renforcer la surveillance autour de lui. Iront-ils jusqu'à vérifier les champs électromagnétiques aux abords du Crystal Palace ? Ou lui demander de passer au casque de vérité, comme l'en a menacé Charrington ? Il hésite, mais sort finalement le téléphone crypté avec lequel il communique avec Julia. Il doit la prévenir.

> Je viens de subir un interrogatoire poussé chez Phébé. Ils s'inquiètent de ne pas avoir de données provenant de la puce de mon poignet durant les nuits où nous étions ensemble. J'ai dit que j'étais en boite mais ils ne me croient pas.

Quelques secondes plus tard, l'appareil vibre.

> Ne t'inquiète pas. Ils n'ont rien contre toi.

La réponse ne le rassure pas vraiment. Il précise ses questions.

> Et s'ils me font passer au casque de vérité ? Je vais être, à partir de maintenant, très fortement surveillé. Je le suis peut-être déjà. Ne faudrait-il pas renoncer ?

Le retour est quasi immédiat.

> Hors de question. Nous sommes prêts. Tout sera fini ce soir. Il sera ensuite impossible de remonter jusqu'à toi. Je t'aime.

Pierre sourit. Il la retrouve telle qu'en elle-même à travers ces deux ou trois lignes : confiante, déterminée et sachant parfaitement lui parler, y compris par les sentiments. Il tape sur son clavier les deux lettres suivantes.

OK.

Il ajoute l'émoticône cœur en guise de signature. Puis il appuie sur la touche envoi. Il se sent rasséréné. Il terminera sa mission, quels que soient les aléas.

*

Quand il sort du bâtiment de l'Information, il se dirige vers le quartier de la Sécurité. C'est une zone sous haute surveillance où la concentration de drones, de caméras et de vigiles est encore supérieure à celle du reste du Campus. Il entre dans l'immeuble où sont regroupées les équipes s'occupant des réseaux et infrastructures informatiques. Il a rendez-vous avec l'un des responsables du département. On lui a installé hier sur son ordinateur l'accès à de nombreuses bases de données ainsi qu'à différents programmes d'intelligence artificielle pour qu'il puisse mener l'étude que O'Brien lui a demandée. Leur complexité justifie bien cet entretien. Sans attendre, Pierre a néanmoins passé son après-midi et sa soirée d'hier à explorer les fichiers et les programmes mis à sa disposition pour en dresser une cartographie assez précise. Il doute que la personne qu'il va rencontrer lui apprenne grand-chose à ce sujet. Mais il en profitera pour lui poser quelques questions d'ordre plus général sur la sécurité de Phébé. Julia a beau le rassurer sur la fiabilité de leur système d'attaque, on n'est jamais trop prudent. Il a également pu récupérer, sans que personne ne s'en aperçoive, les identifiants et mots de passe génériques, utilisés par le technicien qui l'a équipé hier, grâce à un logiciel espion installé sur son ordinateur. Cela lui permettra, à l'avenir, de naviguer sous une fausse identité au cœur du réseau. Une telle précaution s'avèrera peut-être superflue. Mais on ne sait jamais.

Il est reçu à 11 heures par un homme affable, d'âge mur, aux cheveux et à la barbe grisonnante. Celui-ci le prie de bien vouloir s'asseoir en face de lui et se dit prêt à « répondre à toutes ses questions ». Il a reçu des consignes. C'est évident. O'Brien ne veut pas laisser tomber le Brésil dans des mains ennemies et met tous les moyens à la disposition de son poulain, malgré la méfiance qu'il lui inspire. Le jeune homme a bien l'intention d'en profiter. Il commence par demander à son interlocuteur de lui faire un schéma simplifié de l'architecture des bases de données qui peuvent l'intéresser. La discussion est précise, complète, transparente. Pierre prend garde à ne pas montrer qu'il en sait beaucoup, préférant poser des questions dont il connait déjà les réponses. Son interlocuteur ne se méfie pas et lui communique des documents dont certains sont marqués de la mention « confidentiel ». Au bout d'une heure, le Français en arrive à son sujet de préoccupation essentielle.

— Comment pouvez-vous garantir la sécurité de toutes ces données ?

— C'est une vaste question qui n'appelle pas de réponse univoque. Nous avons les meilleurs experts qui travaillent sans discontinuer sur ce sujet. Il y a plus de 300.000 cyberattaques par jour dans le monde. Un quart concerne les Etats-Unis. 3,5 % sont dirigées contre notre société ou ses filiales. Cela fait plus de 10.000 tentatives quotidiennes que nous déjouons. Venues aussi bien de personnes isolées, que d'organisations structurées ou d'Etats.

— Et jamais de problèmes ?

— Si. Bien sûr. Dans 99,99 % des cas, les attaques ne posent pas réellement de difficultés et sont traitées automatiquement par nos logiciels de sécurité. Nous nous concentrons sur les 0,01 % restant. L'essentiel est alors d'arriver à activer suffisamment rapidement nos pare-feux pour éviter d'être trop infecté. Nos systèmes sont comme des organismes vivants : il faut établir des barrières de protection pour les protéger de la contamination et parfois sacrifier un membre pour sauver les autres.

— Mais si le virus se cache dans une cellule sans se manifester et se dissémine sans qu'on s'en rende compte.

— Un peu comme dans le cas des porteurs sains en épidémiologie ? Alors, au moment où la maladie se révélera, il pourrait être trop tard. Il y a un stade où cela endommagerait de façon irréversible nos systèmes. Heureusement, nous n'avons jamais connu de tels cas.

— C'est possible à votre avis ?

— Notre monde est devenu très fragile, soupire le vieil homme. Tout le monde savait à la fin des années dix qu'une pandémie était possible. Et pourtant, très peu de pays s'y étaient préparés. Nous sommes tout à fait conscients que la survenance, un jour, d'un cyber-ouragan est hautement probable. Mais il est impossible de savoir quand il se déclenchera et comment. Nos systèmes sont devenus trop complexes et les hypothèses d'attaque trop nombreuses. Nous n'avons pas les moyens techniques et financiers de les prévoir toutes. Les Titans sont des colosses aux pieds d'argile. Leur force consiste uniquement à ne pas le montrer.

*

Pierre ressort du bâtiment infrastructure et réseaux plus déterminé que jamais à mener à bien la mission que Julia lui a confiée. Il rejoint son poste de travail provisoire à l'Information. Il est encore peu connu des équipes. C'est une chance. Il va attendre que tout le monde parte en pause-déjeuner pour s'isoler dans la cabine de travail de l'étage qui dispose d'un ordinateur en libre-service. Et de là, il inoculera le poison dans le système. Il est 13 heures. Il ne devrait pas avoir trop à attendre. Il n'y a plus qu'une huitaine de personnes sur le plateau. La plupart ont à peine remarqué son existence. Seul son voisin, un grand type à la peau blanche et aux cheveux filasse, lui a adressé la parole ces derniers jours et l'a questionné sur son activité. Il s'est même montré intrusif, cherchant à connaître son rôle dans la boîte, ses missions, ses relations avec O'Brien. Quand le technicien est venu installer ses accès aux bases de données, il l'a interrogé sur les nouveaux outils dont il allait disposer. Pierre s'en méfie. « Il est gênant », comme dirait sa petite sœur.

L'impatience du Français grandit au fur et à mesure des minutes qui s'écoulent. Il a de plus en plus de mal à faire semblant de travailler. Il est penché sur son ordinateur mais ne parvient pas à avancer. La grande aiguille de sa montre approche le six et l'indésirable n'a toujours pas bougé. Il est 13 heures 30 quand il sort deux barres protéinées du tiroir de son bureau. Il n'a pas l'intention de sortir. La situation virerait presque au comique quand l'importun se tourne vers lui et s'inquiète qu'il n'ait toujours pas déjeuné. Il lui propose un morceau de son en-cas. Mais de quoi se mêle-t-il donc ? Quand va-t-il débarrasser le plancher ? Pierre refuse poliment en tentant d'en savoir plus sur son programme de l'après-midi.

— Du boulot ? Tu n'es pas descendu déjeuner…

— Oui. J'ai une réunion à 15 heures. Je dois finir. Toi aussi, tu as du travail ? Tu ne manges pas ?

Le jeune Français ne prend même pas la peine de répondre. Il bafouille qu'il prendra son repas plus tard et fait mine de replonger dans son ordinateur. Il a sa réponse. Le parasite partira dans une heure trente. Il attendra. Les minutes s'écoulent lentement. Il jette de temps à autre un œil sur son téléphone crypté. Pas de nouvelles. Le plateau se repeuple rapidement. Les salariés remontent, les uns après les autres, de la pause-déjeuner. Il aurait peut-être dû lancer son opération plus tôt finalement. Mais ils ne font pas attention à lui. Il est transparent. Seule la sangsue le regarde à certains moments et l'oblige à paraître concentré sur son travail. Elle se lève enfin à 14 heures 55, déconnecte son ordinateur de la station de travail et disparait par l'allée centrale.

Pierre respire. Il rassemble la cartographie des systèmes de Phébé qu'il a établie la veille, ainsi que les documents qui lui ont été remis le matin. Il passe la main dans la poche de son pantalon pour y sentir la clé USB que lui a confiée Julia. L'objet le rassure. Il est temps d'y aller. Il se dirige vers la cabine de travail de l'étage quand un doute l'étreint. Et si elle était prise ? Il n'a même pas vérifié. Il fait décidément un piètre agent secret. Il n'a pas voulu la réserver pour ne pas laisser de trace, mais il a oublié de contrôler sa disponibilité. Il se rassure en se disant qu'il pourrait toujours en trouver une autre à un autre étage. Mais si elles étaient toutes prises ? L'appréhension se dissipe en partie quand il constate que l'espace en libre-service est vide. Il regarde à gauche et à droite au-dessus de son épaule avant d'entrer. Personne ne l'a remarqué.

Il s'installe. Il étale ses différents documents autour de lui. Il a repéré hier une base de données centrale qui irrigue de nombreuses autres bases ou applications. C'est là qu'il déposera le virus. Il allume l'ordinateur et rentre un mot de passe réservé normalement aux visiteurs. Les programmes se lancent. Il tape fébrilement les quelques lignes de caractères qui doivent lui donner accès à la chambre forte qu'il vise. Il désactive une à une les nombreuses barrières de sécurité qui se mettent au travers de son chemin grâce aux codes volés au technicien. Au bout de cinq minutes, il est dans la place. Il s'apprête à charger les fichiers de la clé USB quand un doute l'étreint. S'il entre puis repart immédiatement après cette seule intervention, il risque d'attirer l'attention. Il ferait mieux de faire des requêtes classiques et de noyer l'opération litigieuse au milieu d'une multitude d'autres mouvements. Il reste donc une quinzaine de minutes à manipuler les données de la base avant d'appuyer sur la touche « exec » qui lance le programme de copie de la clé. Il voit la barre de chargement progresser lentement. Elle reste des secondes qui lui paraissent des heures sur 32, 45 puis 78 %, avant de reprendre son mouvement. L'attente est insupportable. Il craint à chaque instant que quelqu'un débarque pour lui demander des comptes. Il est en nage. Même son jogging du matin ne l'a pas mis dans un tel état. Il aurait bien besoin du casque que lui a fait essayer Julia. Le chiffre de 100 % qui s'affiche au bout de longues minutes à l'écran est une libération. Il retire le périphérique, range ses dossiers, éteint l'ordinateur et sort rapidement de l'espace confiné.

Quand il revient à son poste de travail, son voisin est déjà là. Il le dévisage bizarrement. Il doit être encore rouge et transpirant. Il faut qu'il se contrôle, qu'il paraisse calme. Il ne doit pas attirer l'attention. Dans sa poche, le téléphone vibre. Il s'en saisit aussitôt. C'est un message de Julia.

C'est fait de notre côté.

Il tape fébrilement.

De mon côté aussi.

Le message suivant lui arrive, hermétique…

J'ai vu comme une mer de cristal mêlée de feu, et les vainqueurs de la bête, de son image et du chiffre, debout sur la mer de cristal.

… suivi d'un autre, beaucoup plus compréhensible.

Détruit le téléphone. C'est trop dangereux. Nous devons ne pas chercher à nous revoir pendant un moment. Je t'aime.

Quand il lève la tête, désemparé, il s'aperçoit qu'en face de lui, son voisin ne l'a pas quitté des yeux.

TROISIÈME PARTIE

XIV

11 avril 2034, 4 heures.

Charrington, Beatty et O'Brien sont penchés sur lui. Il est attaché sur une chaise. Ses liens empêchent tout mouvement. Il n'a pas dormi, bu ou mangé depuis des jours. Une lumière violente est dirigée sur ses yeux. Ses trois geôliers l'interrogent à tour de rôle, hurlant dans ses oreilles. Ils lui demandent pour la dix-millième fois s'il a inoculé le virus dans leur système. Il n'en peut plus. Il est en train de craquer. Il va tout avouer pour que cela cesse. A ce moment-là, une deuxième source de lumière apparaît sur sa droite. C'est Julia. Elle est habillée de sa courte robe blanche, celle qu'elle portait lors de leur dernière rencontre. On dirait un ange. Il tend sa main vers elle. La corde qui l'entravait se relâche. Il pourrait presque la toucher. Pourtant, en face de lui, elle ne bouge pas. Elle le dévisage. Il l'implore pour qu'elle l'aide. Elle ne répond pas. Elle se contente de le fixer de ses yeux bruns intenses. Il a trop mal. Elle doit le sortir de cette situation. Il la supplie. Elle lui jette un regard méprisant. Il hurle et se débat. Ses liens sont redevenus plus serrés que jamais. Elle éclate alors d'un rire démoniaque et s'évanouit, le laissant seul face à ses bourreaux…

Pierre se réveille, en nage. Cela fait plus de dix fois qu'il fait ce même cauchemar depuis trois semaines. Son sommeil est agité. Il ne dort pas plus de trois ou quatre heures par nuit. Il utiliserait bien son casque de stimulation transcrânienne pour réduire son anxiété. Mais il sait que Phébé enregistre toutes ses données et qu'il attirerait ainsi l'attention. Il n'ose même pas allumer la lumière de l'appartement avant 7 heures du matin pour ne pas montrer de changements de comportement. Une question le taraude : qu'enregistre la puce dans son poignet ? S'il s'agit de sa fréquence cardiaque et de ses mouvements, alors il est foutu ! Ses insomnies à répétition paraîtront vite étranges.

Il continue à se tourner et se retourner dans le lit. Des sentiments inconnus jusque-là se bousculent dans sa tête : la peur, le remords, le ressentiment. Il est sans nouvelle de Julia depuis le jour de l'attaque. Comment a-t-elle pu l'abandonner une nouvelle fois ? Il aimerait tellement partager ses doutes avec elle. Il s'attendait à ce que le virus commence à perturber les circuits de Phébé au bout de trois à quatre jours. Mais rien d'anormal n'a été remarqué. Peut-être le programme ne marche-t-il pas ? Ou peut-être les Titans ont-ils réussi à le neutraliser ? Pierre doit avouer que cela le rassurerait. Il s'accroche à ces deux hypothèses depuis plus de deux semaines. Si seulement il pouvait effacer le passé. Ou au moins faire en sorte que son acte n'ait pas de conséquence. Quel idiot il a été de faire confiance à cette fille ! « L'amour rend dingue », disait sa mère en parlant de l'une de ses amies qui avait tout quitté pour suivre son amant. Si elle savait… elle ne le reconnaîtrait pas. Lui si raisonnable, devenu un hors-la-loi ! Tout cela à cause d'une femme…

Le visage de Julia, les yeux de Julia, le corps de Julia, lui reviennent alors en mémoire. Elle lui manque tellement. Les moments qu'il a passés avec elle valent-ils la peine d'errer le reste de sa vie en enfer ? Il n'a pas la réponse. Il aimerait se précipiter sur le téléphone, le seul lien qui subsiste entre eux. Il ne s'est pas résolu à le détruire comme elle le lui demandait. Pire, il a déjà craqué deux fois en tentant de lui envoyer un message. Dans l'un d'entre eux, il lui proposait de démissionner, lui de Phébé et elle de Cronos, pour qu'ils se retrouvent en Europe avant qu'il ne soit trop tard. Elle ne lui a pas répondu. Cela l'a empêché de fuir à l'autre bout du monde, alors qu'il en meurt d'envie. En même temps, il sait parfaitement que cela ne ferait qu'éveiller les soupçons sur lui. Les Titans ont tous les moyens de le retrouver, où qu'il soit. Le mieux est donc de continuer à agir normalement… comme Julia le lui a recommandé. Mais comment faire dans ces conditions ? Si au moins, elle était là.

Il décide finalement de se lever. Après tout, il pourra toujours dire, si on l'interroge, qu'il devait finaliser son dossier pour O'Brien. Il le voit dans cinq heures pour lui exposer son plan d'action pour le Brésil. Il branche son ordinateur et se replonge dans les slides qu'il a préparées. Elles démontrent que le coût de mise en place d'un revenu minimum pour la moitié de la population brésilienne est amortissable en quinze à dix-huit ans pour Phébé et ses alliés, s'ils arrivent à faire financer une partie de ce programme par la réaffectation de subventions d'Etat déjà existantes, et s'ils prennent le contrôle des cinq plus grosses entreprises indépendantes du pays, directement bénéficiaires de l'augmentation du niveau de vie. « L'argent va à l'argent », soupire Pierre. La valeur estimée de ces cibles est à peine équivalente à 1 % de la capitalisation boursière des Titans. L'opération ne devrait pas être trop difficile à réaliser avec l'appui des banques et du gouvernement.

Au fur et à mesure de la lecture des documents qu'il a préparés, le jeune Français ne peut s'empêcher de ressentir une brève sensation de puissance. Lui, le *rookie*, est en train de concocter un plan pour s'assurer du contrôle de la dixième économie mondiale. Il a élaboré un projet parfaitement logique, permettant à son employeur et ses acolytes de prendre une position stratégique en Amérique du Sud, avec la perspective d'un rendement positif à quinze ans. Il devrait convaincre sans peine O'Brien de le suivre. Il se voit déjà lui exposer son plan de bataille en matière de communication, qui devrait assurer le succès de leur candidat. Ses réflexes de compétiteur remontent vite à la surface. La saveur de la victoire est de nouveau sur ses lèvres. Mais son goût sucré, au lieu de lui donner de l'énergie et une sensation d'invincibilité comme autrefois, le dégoûte. Quel plaisir y-a-t-il à gagner quand tout est si facile avec l'argent ? Conquérir, mais dans quel dessein ? Tout cela le dépasse. Sa seule priorité doit être à présent de bien faire son travail pour ne pas éveiller les soupçons... dans l'attente de jours meilleurs. Il relit pour la quinzième fois sa présentation, sans y changer une virgule.

*

— Alors, *rookie*. J'espère que tu m'amènes un plan sérieux pour le Brésil. Notre candidat n'arrête pas de perdre des points. Il est à 45 % dans les derniers sondages. Son adversaire le pilonne, avec le soutien de la Chine, sur ses relations avec la mafia du pays et son népotisme. A ce rythme, c'est un miracle qu'il va lui falloir pour gagner. Heureusement que nous sommes en pleine période de Pâques. Cela laisse de l'espoir. En même temps, je ne suis pas sûr que son âme soit assez pure pour prétendre à la résurrection.

O'Brien s'esclaffe d'un rire gras. Il veut provoquer Pierre, le tester. Mais son attitude n'est pas celle des autres jours. Il a perdu de sa superbe. Il semble préoccupé. Le ton de sa voix sonne faux.

— Je crois que j'ai ce qu'il te faut, répond le jeune homme. Mais pour gagner, nous allons faire plus confiance aux données qu'aux prières.

— Magne-toi, j'ai une demi-heure.

Pierre commence à exposer son plan. Il concernerait les 50 % de citoyens les plus pauvres du pays, vivant avec moins de 6 USD par jour. Il leur garantirait un revenu mensuel de 200 USD, avec pour seule contrepartie la cession de leurs data. Son coût serait de 250 milliards de dollars par an, qui pourrait être réduit de moitié en réaffectant une partie des prestations sociales actuelles payées par le gouvernement à son financement. Selon les hypothèses du jeune Français, le retour sur investissement pour les Titans proviendrait de quatre sources : l'augmentation des ventes liée à l'utilisation des données des bénéficiaires du revenu minimum ; la prise de contrôle des cinq plus grosses entreprises indépendantes du pays ; la croissance mécanique du PIB, liée à l'injection supplémentaire d'argent auprès des plus pauvres ; et enfin, la capacité à influencer directement les commandes publiques et l'économie du Brésil.

— Pas mal, *rookie*. Je ne vais pas te challenger sur les chiffres. Je suis sûr que tes hypothèses ont été élaborées à partir de nos meilleurs programmes d'intelligence artificielle. Mais cette initiative est-elle en mesure de renverser la table et de nous faire gagner ?

— Qui résisterait à la promesse d'un revenu minimum de 200 USD quand 50 % de la population vit avec moins 180 USD ? Le retard de notre candidat tient à son image de libéral assumé, favorisant les riches, sans s'occuper des plus pauvres. Nous allons l'aider à démontrer, sans qu'il se renie, que c'est la richesse créée par les entreprises privées qui peut ensuite financer les programmes sociaux. Nous aurons bien des critiques de quelques intellectuels sur la fin des libertés et la mainmise du grand capital étranger sur le pays. Mais qui s'en soucie ? Qu'est-ce que cela pèse face à la possibilité pour le plus grand nombre de vivre mieux ?

— Je vois que tu comprends vite comment fonctionne le monde, *rookie* ! Cela me rassure. Je vais appeler notre abruti de candidat et lui mettre le marché en mains : il affecte ses dépenses sociales à notre programme, il nous laisse prendre le contrôle de ses cinq plus grosses entreprises, il nous permet de nous déployer sans entrave dans son pays, et en échange, nous lui assurons sa réélection. C'est bien ça ?

— C'est bien ça, oui ! répond Pierre, la voix mal assurée.

Un profond dégoût de lui-même est en train de l'envahir. Mais il faut qu'il aille jusqu'au bout.

— Et comment nous assurons-nous que chaque Brésilien, de la favela la plus pauvre de Rio jusqu'au fin fond de la forêt amazonienne, soit au courant de notre programme ? reprend O'Brien.

— Nous martelons un message simple : 200 USD par mois pour chaque Brésilien, sans impôt supplémentaire. Nous inondons les réseaux sociaux avec nos botnets. Et nous nous appuyons sur quelques influenceurs, soutiens actuels de nos adversaires, qui n'auront pas de mal à nous rejoindre, avec une telle promesse. Comment pourraient-ils expliquer à leur communauté qu'elle doit renoncer à cet argent ? Ils ne prendront pas le risque. Il sera également important de convaincre l'Eglise…

Pierre s'apprête à développer son plan d'action concernant cette institution essentielle du pays, quand Charrington surgit par la porte de la salle de réunion et demande à voir d'urgence son patron. Il est livide. Les deux hommes s'installent dans le couloir, à l'extérieur de la salle de réunion. Le jeune Français les observe à travers la baie vitrée. L'adjoint débite ses explications avec nervosité. En face de lui, O'Brien l'écoute avec attention. Il est impassible. Au bout de cinq minutes, il réapparait par l'entrebâillement de la porte pour mettre fin à sa réunion avec Pierre.

— *Rookie*, j'ai une urgence. Je dois voir Steve. J'appellerai notre candidat dans l'après-midi. En attendant, prépare-moi une fiche à lui transmettre de notre plan et un vade-mecum de nos principaux arguments. Sois également prêt sur la liste des influenceurs à contacter et trois ou quatre messages forts à relayer. Je préviens l'équipe pour que nous puissions les diffuser à partir de demain.

Pierre n'a pas le temps d'acquiescer que O'Brien a déjà disparu.

*

Quand le Français revient à son poste de travail, il perçoit chez son voisin de bureau une agitation supérieure à son niveau habituel. Son grand corps dégingandé est secoué de tressaillements ; ses pieds battent nerveusement la mesure sur le sol ; son regard, censé être fixé sur son ordinateur, lance des appels furtifs dans sa direction, l'invitant à engager la conversation. Réprimant son premier instinct qui serait de tourner la tête et de faire comme s'il n'avait pas vu, Pierre décide finalement de lui adresser la parole.

— Salut. Ça va ?

— Ouais. Tu as vu ce qui se passe ? chuchote le grand type, en se penchant vers lui d'un air mystérieux.

— Non. Qu'est-ce qui se passe ? répond sur un ton sec le Français, déjà énervé par l'attitude affectée de son collègue.

— On ne sait pas très bien. Mais il y a un paquet de trucs qui se mettent à déconner depuis une semaine : des mails adressés par erreur à de mauvais destinataires, des contacts inconnus qui se glissent dans des répertoires, des rendez-vous qui disparaissent de calendriers…

Pierre avale avec peine sa salive.

— Des bugs ou erreurs de manipulation, j'imagine…

— Peut-être. Mais il y a plus grave. Dix accidents de voiture autonome depuis cinq jours, c'est plus que depuis trois ans. Quatre morts et trois blessés à la suite d'opérations chirurgicales robotisées qui tournent mal. Des carambolages en série au Caire, à Mexico et dans trois villes du pays, à la suite de dysfonctionnements des panneaux de signalisation automatiques et des GPS…

Le jeune Français ne veut pas y croire.

— Des coïncidences sans doute. Nos systèmes de sécurité sont puissants.

— C'est vrai. Ils ont évité bien pire. Avant-hier, une centrale nucléaire a été arrêtée avant qu'il ne soit trop tard. Hier, ils ont empêché par miracle la collision de plusieurs avions, qui ont dû se remettre au pilotage manuel après l'identification de bugs en série.

— Et qu'en pensent nos équipes informatiques ?

— Rien pour le moment. Elles cherchent une explication.

— Mais comment sais-tu tout cela ?

— Je te rappelle qu'on est au Département de l'Information ici, se rengorge le grand escogriffe.

— Sauf à ce que j'ai raté un épisode, je ne me rappelle pas avoir entendu parler d'aucun de ces événements durant les derniers jours.

— Tu es décidément trop naïf. Nous faisons de la communication ciblée. C'est notre métier. Aux victimes ou parents des victimes, une explication plausible sur un dysfonctionnement isolé et un gros chèque des assurances qui devrait les calmer. Au niveau local, une information limitée sur un bug identifié et la promesse d'une résolution rapide. Au niveau national et international, rien… en attendant d'y voir plus clair.

Le Français est au bord du malaise mais il ne peut pas le montrer. Il tente une dernière question dont il connait déjà la réponse.

— Et à ton avis, qu'est-ce que cela peut bien être ?

— Cela m'a tout l'air d'être une grosse cyberattaque dont on ne mesure pas encore l'ampleur.

Les derniers mots résonnent dans la tête de Pierre. Il pourrait encore objecter que les puissants réseaux de sécurité de Phébé auraient tôt fait d'identifier n'importe quel virus et de le neutraliser. Mais il n'en a pas la force. Son interlocuteur semble sûr de son fait. Et lui SAIT ! Il SAIT qu'il est le responsable de cette déflagration et qu'il ne peut plus rien faire pour en limiter les conséquences. S'il était croyant, il prierait. Peu de chance néanmoins qu'on lui donne l'absolution alors qu'il est responsable déjà d'une dizaine de morts, et bientôt de milliers, voire de millions. Le sol est en train de se dérober sous ses pieds. Son voisin se penche sur lui pour lui demander si ça va. Il répond par l'affirmative, prétextant simplement que la perspective d'une cyberattaque l'inquiète un peu. L'abruti le contemple d'un air satisfait, manifestement heureux qu'il ait pris conscience de la gravité de la situation. C'en est trop ! Il doit sortir. Il bafouille quelques mots pour mettre fin rapidement à la conversation et se dirige d'un pas mal assuré vers l'ascenseur.

*

Dehors, l'air est pesant. Il n'éprouve aucun soulagement à le respirer. Il a le sentiment d'étouffer. Il décide pourtant de rentrer chez lui en marchant. Sur le trajet, il ne peut s'empêcher de guetter le clignotement anormal d'un néon dans une vitrine, ou la panne d'un feu tricolore. Le moindre dysfonctionnement le ramène à son geste insensé d'il y a trois semaines. Il ne récupère un semblant de paix intérieure que quand il s'est enfermé à double tour dans son appartement. Sacha lui souhaite la bienvenue et l'interroge sur son retour prématuré en lui proposant son aide. Si le virus pouvait déconnecter son assistante virtuelle, il aurait au moins un effet bénéfique ! Pierre ne répond pas et se met à préparer le repas. En pure perte. Il n'arrive pas à avaler une bouchée. Il préfère finalement s'allonger sur son lit et fermer les yeux.

L'image de Julia lui réapparait au bout de quelques minutes. Elle est vêtue de nouveau de sa courte robe blanche. Sa peau est de plus en plus claire, ses yeux de plus en plus intenses. Elle s'adresse à lui, comme à son habitude, de façon sereine et déterminée : ils ont fait leur devoir ; il ne doit rien regretter ; de tout cela naitra un monde meilleur. Il aimerait lui poser des questions sur ce nouveau monde, qu'elle le rassure sur la légitimité de faire autant de victimes innocentes. Mais il préfère finalement rester muet, écouter le son de sa voix qui le berce. Il se détend peu à peu. Il voudrait rester ainsi des heures… des jours… l'éternité.

Son rêve est troublé par la vibration de son smartphone professionnel sur la table de nuit. Il hésite puis tend le bras pour s'en saisir et lire le message.

J'ai eu le Brésil. Tout est bon. On déclenche l'opération de reconquête dès demain matin. Sois prêt. 0B

Pierre repose l'appareil en soupirant. Il doit se lever. Il doit faire face.

XV

13 avril 2034, 10 heures.

Pierre consulte les derniers sondages de la Présidentielle brésilienne. L'annonce surprise par le candidat sortant de la mise en place, en cas de réélection, d'un revenu minimum pour les plus pauvres, a provoqué un rebond de 6,5 % des intentions de vote en sa faveur. Le jeune analyste avait prévu de +5 à +7 %. Il est dans le haut de la fourchette. Maintenant il faut tenir. Les élections sont dans moins de trois semaines. L'annonce des ralliements de dix des plus gros influenceurs du pays est programmée tout au long de la semaine prochaine. L'Eglise évangélique, soutien historique du Président, doit également se mobiliser fortement durant la période. Les botnets de Phébé continueront à déverser, chaque jour, des millions de messages sur les téléphones portables des Brésiliens, ciblant tout particulièrement les favelas. L'ensemble du dispositif devrait entretenir la dynamique et faire triompher le protégé des Titans. Seuls quelques évêques catholiques à Rio ou Sao Paulo se font tirer l'oreille. La promesse de subsides supplémentaires devrait avoir raison de leurs dernières réticences.

O'Brien s'est montré hier très satisfait du travail de Pierre. Il l'a chaudement félicité et a même émis l'hypothèse qu'il puisse rencontrer Steve. Au moins, il ne se doute de rien concernant l'implication de son jeune protégé dans la crise actuelle. Ils n'ont d'ailleurs pas échangé un mot sur le sujet. Le secret reste de mise. Mais pour combien de temps ? Le Français a appris par son voisin de bureau que les accidents se multiplient d'un bout à l'autre de la planète, à l'exception notable de la Chine, de l'Inde et de la Russie. Plus d'une centaine de morts et des milliers de blessés sont déjà à déplorer à la suite de bugs des systèmes informatiques occidentaux. Les équipes de sécurité des Titans sont sur le pied de guerre pour identifier d'où vient l'attaque et comment la contrer. Mais ils semblent pour le moment ne rien avoir trouvé. L'augmentation prévisible du nombre de catastrophes ne devrait pas permettre de cacher beaucoup plus longtemps la situation à la population. Les réunions de crise se succèdent sans discontinuer à l'étage de direction du Département de l'Information. Pierre observe de son poste de travail le ballet incessant des responsables qui vont rejoindre la *war room* de O'Brien. Leur visage est grave et ils masquent avec difficulté leur préoccupation.

Pierre est tiré de ses pensées par son voisin, qui vient d'arriver.

— Tu connais la dernière ?

Les manières de cet idiot continuent de l'énerver profondément. Comment pourrait-il savoir à quoi il fait référence ? Il lui répond néanmoins avec le sourire. Il ne peut pas se permettre dans sa situation de négliger une source d'information aussi précieuse.

— Non, c'est quoi ?

— Steve tiendrait une réunion de crise au Département Sécurité dans moins d'une heure. C'est la première fois qu'il est présent physiquement dans les locaux depuis plus de deux ans, en dehors des traditionnels vœux de début d'année. C'est que la situation doit être grave ! Qu'est-ce que tu en dis ?

Le Français aimerait prendre le temps d'analyser la nouvelle. Mais son interlocuteur attend manifestement une réaction immédiate de sa part, à la hauteur de la révélation qu'il vient de lui faire. Il s'apprête à lui répondre en bottant en touche, quand O'Brien sort de sa salle de réunion et lui fait signe. Pierre se lève précipitamment, murmure quelques mots d'excuses et rejoint son mentor sous l'œil jaloux de son informateur.

— Ah, *rookie*. Approche. Tu sais ce qui se passe, j'imagine ?

Le jeune homme ne sait pas vraiment quoi répondre. Il bafouille quelques mots, laissant comprendre qu'il a vaguement entendu parler de piratage informatique.

— Il est probable en effet que nous ayons affaire à un virus qui affecte nos données à grande échelle. Les systèmes d'Atlas et de Cronos sont également atteints. Steve organise un point dans une demi-heure au Département Sécurité. Tu viens avec moi. Tu pourras peut-être nous aider. Et ce sera une occasion pour que tu le rencontres. Je passe te prendre dans vingt minutes.

Quand Pierre se rassoit à son bureau, son visage trahit à la fois la stupéfaction d'être ainsi associé à un épisode historique de la vie de son entreprise et l'inquiétude qui est en train de l'envahir. Il va être plongé au cœur de la lutte contre une cyberattaque dont il a été le déclencheur. Comment ne pas se faire démasquer dans ces conditions ? Il sait qu'il n'a aucun talent pour la dissimulation et que ses nerfs sont fragiles. Son voisin jette vers lui des yeux interrogateurs. L'espace d'un instant, il aimerait lui annoncer fièrement qu'il va participer à la réunion organisée par Steve. Cela lui clouerait le bec et le tiendrait à distance. Mais il n'en a pas le courage. A cet instant, une seule question le préoccupe, qui revient perpétuellement dans son esprit, obsédante : « comment va-t-il pouvoir tenir ? ».

*

Le « Conseil de guerre » se tient dans la grande salle du rez-de-chaussée du bâtiment de la sécurité. C'est Steve qui a souhaité ainsi baptiser la réunion. Une trentaine de personnes, le visage sombre, prennent place autour de la table centrale. Pierre ne distingue que deux femmes dans l'assemblée. « Depuis la nuit des temps, les questions les plus graves liées à la sécurité, aux conflits ou à la mort sont réservées aux hommes », constate-t-il. Deux généraux américains, aisément reconnaissables à leur uniforme, ont pris place à gauche d'une chaise pour l'instant vide. O'Brien s'est installé à droite, laissant son jeune protégé debout au fond de la salle. Deux hauts dignitaires du Département de la Défense et du Département d'Etat américain sont également présents, en liaison vidéo ultra-sécurisée depuis Washington. Le « Conseil de guerre » mérite finalement bien son nom.

A 11 heures précises, Steve fait son entrée. Il est impassible, comme à son habitude. Ses yeux balaient l'assistance, qui se tait immédiatement. Il prend place sur le siège inoccupé et laisse s'écouler trois ou quatre secondes avant de prendre la parole, d'une voix toujours aussi métallique et monocorde.

— Notre société, comme ses confrères Atlas et Cronos, se trouve en proie à une attaque sournoise, d'une ampleur jamais égalée, qui atteint nos données et nos organisations partout dans le monde. Ne nous méprenons pas. Ce ne sont pas uniquement nos entreprises qui sont visées. C'est l'ensemble du pays et notre modèle de civilisation qu'on veut abattre. La situation est d'une extrême gravité. Le virus se répand de façon exponentielle : nous sommes passés d'une quinzaine d'incidents graves il y a quatre jours à soixante hier ; ils devraient être plus d'une centaine aujourd'hui. Si nous laissons les choses en l'état, ils seront plus de dix mille dans une semaine et plus d'un million dans quinze jours. L'infection se développe au fur et à mesure de nos traitements informatiques. C'est pourquoi nous devons arrêter la plus grande partie de nos systèmes si nous voulons essayer de la maîtriser.

La stupeur fige l'assistance. Puis un murmure s'élève dans la pièce, qui se transforme vite en brouhaha. Les visages sont effarés. Personne n'imagine comment travailler, et même vivre, sans ordinateur, sans téléphone ou sans internet. Cela doit être une mauvaise plaisanterie. Les règles de discipline, pourtant bien établies chez Phébé, ont disparu en un instant. Chacun y va de son commentaire ou de sa préconisation. Steve laisse passer quelques minutes, le temps que les esprits se reprennent, puis poursuit sur le même ton.

— Je comprends votre sidération. La mienne a été identique. Mais je vais laisser notre Département Sécurité vous expliquer plus en détail la situation.

Un homme se lève. C'est le responsable qu'a rencontré Pierre il y a quelques semaines. Il se dirige vers le grand écran disposé au fond de la salle, en face du patron de Phébé. L'assistance fait pivoter son siège. La salle est plongée dans la pénombre. Un silence pesant s'installe de nouveau, avant que l'orateur ne le trouble, d'une voix qui dissimule mal sa nervosité.

— Nous sommes en face d'un virus de type nouveau. Il reste apparemment inactif au départ, le temps de se répandre sans se faire repérer. Sa propagation se fait très probablement en fonction de nos traitements et suit une loi exponentielle. Au bout d'une certaine durée, que nous ne maîtrisons pas, il entreprend de modifier aléatoirement un caractère d'une chaine numérique qui peut en compter des millions, transformant le 0 en 1 ou le 1 en 0. Les conséquences sont considérables. Prenons le cas d'un GPS. Les instructions « à gauche », « à droite » ou « tout droit » y sont codées en une suite de combinaisons de 0 et 1. Si nous transformons sur un trajet un seul de ses caractères, le « à gauche » devient par exemple « à droite » et nous obtenons…

La suite de chiffres qui défile sur l'écran laisse la place à l'image d'une collision de deux véhicules autonomes sur une bretelle d'autoroute. Le choc à pleine vitesse et le bruit de la tôle perforée font sursauter l'assemblée.

— Nous avons entrepris de représenter la complexité du monde par des chiffres pour mieux le comprendre. Nous avons remplacé la matière et l'énergie par l'information, l'action des lois de la nature par son équivalent algorithmique, le temps physique par le temps de calcul. Nous en avons tiré des progrès considérables. Mais il faut reconnaître que nous nous sommes en même temps fragilisés. C'est ce qui nous conduit aujourd'hui, face à ce virus, à recommander d'interrompre la plus grande partie de nos systèmes pour éviter plus de catastrophes.

— Mais le remède va être pire que le mal, s'écrie un homme en se levant. Nous dépendons de l'informatique et de la donnée pour tout : communication, information, sécurité, santé, transport, production… Tout arrêter, c'est ça la véritable catastrophe !

Il vient d'exprimer d'une voix tremblante ce que chaque membre de l'assistance pense au fond de lui. Un autre participant, manifestement excédé, se lève à son tour et vocifère en direction de l'intervenant.

— Mais enfin, c'est absurde. Des cyberattaques, nous en connaissons depuis des décennies. Nos infrastructures et nos réseaux sont construits pour y résister. Nous dépensons chaque année des centaines de millions de dollars pour les sécuriser. Et vous nous dîtes maintenant qu'il est impossible d'isoler l'impact du virus ? Ou de reprendre des historiques sauvegardés et sains pour poursuivre l'exploitation ?

— Comme je vous l'ai expliqué, ce virus est très difficilement détectable tant qu'il n'a pas modifié une donnée. Nous n'avons donc aucune idée de la manière dont il s'est déjà répandu dans nos systèmes et quand il en perturbera le fonctionnement. Cela nous prive pour le moment de toute perspective de contingentement efficace. Quant à reprendre les historiques, c'est une hypothèse en effet. Mais nous ne savons pas, à l'heure actuelle et pour les raisons que je viens de vous expliquer, quand l'attaque a débuté. Cela pourrait très bien être il y a une semaine, un mois ou un an. Nous ne pouvons pas non plus exclure, en fonction de nos méthodes de stockage, que le virus ait aussi contaminé certaines données et enregistrements historiques. C'est pourquoi la solution la plus efficace à court terme est d'interrompre nos systèmes. Nous ne savons pas encore pour combien de temps, et si nous serons capables de revenir rapidement à la normale.

La sentence est suivie d'un silence de mort. L'assemblée semble pétrifiée. Les conséquences de l'exposé qui vient d'être fait apparaissent à chacun : la paralysie d'une bonne partie de la production, du transport, de la communication et un retour quarante ans en arrière. Pierre sent ses jambes l'abandonner. Il s'adosse au mur pour ne pas tomber. Comment un simple clic sur une touche « exec » peut-il occasionner autant de dégâts ? Julia le lui avait bien expliqué. Mais il n'arrive toujours pas y croire. Il se cramponne à l'une des rares chaises restée libre devant lui pour s'y asseoir. Son malaise est passé relativement inaperçu au sein de l'assistance. Chacun est plus ou moins dans le même état d'angoisse et d'incompréhension que lui. Seul O'Brien, à l'autre bout de la table, n'a pas arrêté de le fixer depuis plusieurs minutes. C'est lui qui reprend la parole.

— Mes amis, maintenant que nous savons le comment, la question est le qui. Qui a inoculé ce virus dans nos systèmes ? Qui a voulu nous détruire ? Qui va profiter de ce crime immonde, de l'effondrement économique qu'il va entraîner, et des millions de victimes qu'il va faire ? Qui ?...

— Oui. Qui ? reprend Steve.

Ses yeux parcourent l'assemblée comme s'il y cherchait le coupable. Au moment où ils croisent ceux de Pierre, le jeune homme se sent de nouveau défaillir. Mais leur trajectoire se poursuit pour s'arrêter sur le responsable de la sécurité, resté debout, qui est invité à continuer son exposé.

— Depuis une semaine, nous avons mis en place une collaboration permanente entre départements de la sécurité de Phébé, Cronos et Atlas. Grâce à cet effort conjoint, nous avons réussi à isoler plusieurs fragments du virus, une fois qu'il s'est déclaré. Puis nous avons tenté de remonter à son origine. Nos conclusions sont les suivantes : il a été inoculé par quelqu'un qui a un accès privilégié à nos bases de données et son programme a été codé à partir d'un clavier chinois.

Les derniers mots de l'orateur font l'effet d'une bombe. Le brouhaha repart de plus belle. Mais bien sûr ! Cela ne peut venir que de la Chine ! L'ennemi de toujours ! L'autre puissance avec laquelle les Etats-Unis se disputent le contrôle du monde. La haine apparait sur les visages. Comment ont-ils osé ? Il faut leur faire payer. Cette agression ne peut pas rester sans réponse. Il en va de la suprématie de l'Occident sur l'Orient. Le taux de testostérone est à cet instant à son point culminant dans la salle. Steve ramène un peu de calme en reprenant la parole. Chaque mot est articulé avec soin, comme autant de coups assénés à l'adversaire.

— Cette attaque ignoble se produit à un moment où nous étions sur le point de prendre un avantage décisif sur nos ennemis. Nos recherches sur l'humain augmenté et sur la capacité de brancher nos cerveaux à l'ordinateur allaient aboutir. Ils l'ont appris et ont voulu nous empêcher de franchir ce pas décisif pour l'avenir de l'humanité… *Domination !*

— *Domination !* s'écrie l'assistance.

— Ils ont cru pouvoir nous arrêter sans supporter les conséquences de leur acte. Mais nos ingénieurs les ont démasqués. Grâce à eux, nous allons pouvoir dénoncer à la face du monde le caractère abject de ce régime, et sa volonté de nous détruire. Ils seront responsables de la gigantesque crise économique que nous allons devoir affronter, et de l'augmentation massive de la pauvreté qui en résultera. Ils seront comptables de chacune des millions de victimes que nous aurons à déplorer. Et ils les paieront au centuple... *Domination !*

— *Domination !* reprennent avec ferveur les participants à la réunion.

— Car nous ne les laisserons pas faire. Nous nous sommes concertés avec nos amis de Cronos et Atlas, et avec le gouvernement américain. La présence à mes côtés des plus hauts responsables de la défense et des affaires étrangères de notre pays démontre notre solidarité et notre détermination. Notre réponse sera à la hauteur de l'enjeu. Nous ne pouvons pas laisser la Chine dominer le monde. Et nous sortirons une nouvelle fois plus forts de cette épreuve... *Domination !*

— *Domination !*

L'assemblée s'est levée comme un seul homme. Elle scande les syllabes « do-mi-na-tion » en frappant frénétiquement dans ses mains. O'Brien est parmi ceux qui crient le plus fort. Steve est resté assis. Il observe de son fauteuil l'effet produit par son discours. Son visage est impassible mais la satisfaction se lit dans ses yeux bleus perçants. Pierre se tient debout avec difficulté. Il applaudit mécaniquement. Aucun son ne sort de sa bouche, même si ses lèvres dessinent le refrain entonné par tous ceux qui l'entourent. Il n'est pas capable d'articuler le moindre mot. Le monde se dirige vers une guerre certaine. Et c'est lui qui en a allumé la mèche. Quand il lève la tête, il s'aperçoit que son mentor ne l'a pas quitté des yeux. Ses vociférations semblent s'adresser à lui comme un défi. Son regard est menaçant. Une certitude s'empare du jeune homme. Elle ne le lâchera plus : « O'Brien SAIT ! ».

XVI

13 avril 2034, 12 heures.

La salle se vide peu à peu. Pierre aimerait la fuir le plus rapidement possible. Mais il se sent obligé d'attendre son mentor, avec lequel il est arrivé. Celui-ci discute encore avec Steve. Le sang du Français se glace quand les deux hommes s'interrompent un instant pour lui faire signe d'approcher.

— Steve, je voulais te présenter mon petit protégé. Il vient d'arriver. Il s'appelle Pierre Favre. Il est français. Il travaille normalement à l'Entertainment, mais il me donne aussi un coup de main à l'Information.

Le grand patron de Phébé tend une main flasque au jeune homme sans même le regarder.

— Il est analyste de données. Et il conjugue cette compétence rare avec une créativité hors norme, poursuit O'Brien. Il est très surprenant, et capable de choses qu'on n'imaginerait pas. N'est-ce pas *rookie* ?

Pierre ne sait pas quoi répondre. Il n'a pas le cœur à la répartie. Il craint de trop bien comprendre l'allusion qui lui est faite et se sent pris au piège. Son responsable joue avec lui, comme le chat avec la souris.

— Dis-moi. Toi qui es un spécialiste des données et de l'intelligence artificielle, tu en penses quoi de cette attaque ? Comment ces salauds ont-ils pu créer un tel virus et nous l'inoculer sans que nous nous en rendions compte ? C'est fort, non ? Si je tenais le bâtard qui a fait ça, je crois que je l'écrabouillerais de mes propres mains.

Joignant le geste à la parole, il rapproche ses deux poings serrés et les fait tourner l'un au-dessus de l'autre, sous le regard inexpressif de Steve. Le mouvement suggère plus l'étranglement que la réduction en bouillie, mais il produit son effet. Pierre regarde son tortionnaire en implorant sa pitié. L'autre le dévisage avec un sourire gourmand. Il décide néanmoins de relâcher un peu la pression sur sa proie.

— Mais laissons cela ! Ce n'est pas l'essentiel pour le moment. Il faut que nous préparions la riposte. Et surtout que nous apprenions au monde entier ce qui se passe. Chacun doit savoir ce dont est capable la Chine. *Rookie*, j'ai besoin de toi. Tu maîtrises très bien ces choses-là. Le Président des Etats-Unis s'adressera ce soir à l'ensemble du pays, et au-delà au reste de la planète. Son discours sera martial. Il préparera les citoyens à une longue crise et désignera le coupable : le serpent chinois. Tu vas m'aider à préparer des messages simples et efficaces, que nous relaierons, après son intervention officielle, auprès de chaque communauté, pour qu'elle comprenne la situation et se mobilise contre l'ennemi. N'oublie pas de me trouver une bonne dizaine de parents de victimes, des Noirs, des Latinos, des juifs, des femmes, des hommes, des enfants, des vieux… qui viendront exprimer à l'écran des chaînes d'information en continu leur désarroi et leur colère. La haine est un puissant vecteur pour souder une nation et lui faire oublier son quotidien. Elle permet de maintenir l'ordre à l'intérieur en dirigeant l'attention vers l'extérieur. Nous en aurons bien besoin, quand nos données et nos caméras de surveillance ne fonctionneront plus.

Le cynisme de O'Brien laisse le Français pantois. Il est en train de lui demander de participer à son entreprise de propagande, alors qu'il le soupçonne d'avoir déclenché l'attaque. Veut-il le punir en lui infligeant une nouvelle forme de « supplice chinois » ? La référence habituelle à l'ennemi asiatique pour évoquer une torture particulièrement raffinée et cruelle le ferait presque sourire. Décidément, l'Occident est habitué à imputer à la Chine les pires horreurs en oubliant souvent ses propres exactions. Cette réflexion ne le distrait cependant pas longtemps. Il doit bien se rendre à l'évidence que le patron de l'Information de Phébé est en train de jouer avec ses nerfs. Et à ce jeu-là, Pierre est sûr de perdre. Mais il n'a pas d'autre choix pour le moment que de supporter la situation et de faire ce qu'on exige de lui.

*

Il est un peu moins de 18 heures quand le jeune Français rejoint ses collègues devant le grand écran de la salle commune de l'étage. L'ambiance est tendue. Le Président des Etats-Unis doit intervenir en direct d'un moment à l'autre, dans une allocution télévisée « solennelle ». Son discours a été soigneusement préparé par les trois départements de l'Information des Titans. Pierre a pu le consulter un peu plus tôt dans l'après-midi, pour préparer les différents messages qui seront ensuite relayés par les journaux, radios, télévisions, réseaux sociaux du pays.

A 18 heures précises, le chef de l'Etat – mais peut-on encore le qualifier ainsi – apparait sur l'écran. Il est livide. Il lit d'une voix blanche le texte qui lui a été préparé sur le prompteur. Le jeune Français le connait déjà quasiment par cœur. Sa dramaturgie est classique. Tout d'abord l'exposition : le monde occidental connait depuis une semaine une série d'accidents graves ayant déjà fait des milliers de victimes. Ensuite l'explication : ces catastrophes sont liées à des bugs provoqués par un virus redoutable qui s'est développé dans les systèmes informatiques de façon incontrôlée. Puis les répercussions : le développement exponentiel de l'infection conduira à arrêter dans les 48 heures la plupart des équipements numériques du pays, entraînant l'une des crises les plus graves de l'histoire. Enfin la révélation : le virus provient d'une cyberattaque, qui peut être attribuée sans aucun doute à l'ennemi de toujours : la Chine ! La première partie de l'allocution est marquée du sceau de l'empathie et de la compassion pour les victimes ; la deuxième est didactique et vise à ce que chacun prenne bien la mesure de la situation ; la troisième annonce les épreuves et la souffrance ; la dernière contient douze fois le mot « guerre ». Emotion, sidération, désespoir, haine : le schéma est traditionnel mais efficace.

Les principaux messages de l'intervention présidentielle seront ensuite relayés – on devrait plutôt dire matraqués – par tous les médias du pays, avant leur interruption forcée d'ici 48 heures. Pierre a travaillé tout l'après-midi sur le sujet pour trouver les slogans les plus marquants ou les images les plus chocs. Le cadavre d'une petite fille hispanique, décédée lors d'une opération de l'appendicite, après l'erreur supposée d'un robot chirurgical, a suscité l'enthousiasme de O'Brien. Le lien entre le décès et le virus n'est pas directement établi. Mais qu'importe. L'essentiel est qu'il soit crédible et « illustratif ». Les parents ont accepté de témoigner devant les caméras de l'une des chaînes d'information en continue les plus regardées du pays pour exprimer leur peine et leur colère. Emotion. Les courbes du nombre d'incidents et de victimes sont prêtes à être diffusées, ressuscitant le souvenir de la fonction exponentielle pour ceux qui sont passés par le lycée. Des interviews d'experts de la sécurité informatique vont tenter d'expliquer, de façon pédagogique, comment ce virus insidieux a pu se répandre sans attirer l'attention, avant d'attaquer de façon aléatoire un caractère d'une chaîne numérique qui peut en comporter des millions, et de provoquer des dégâts potentiellement considérables. Sidération. Les économistes se succèderont pour annoncer la mise à l'arrêt pour une durée indéterminée de 50 à 70 % de l'économie américaine, celle-ci étant devenue très dépendante du numérique. La Bourse suspendra ses cotations, les transactions n'étant plus sécurisées. Les fonds de pension ne pourront plus payer les retraites. Le versement du revenu minimum sera interrompu. La plupart des industries, transports, services s'arrêteront, ne sachant plus fonctionner sans informatique et sans données. Des millions de faillites seront à déplorer. Désolation. Le coupable sera alors désigné à la vindicte populaire. Les influenceurs se succèderont sur les plateaux pour exiger qu'il « paye ». L'évidence apparaîtra à chacun : les Etats-Unis ne peuvent pas se laisser distancer par l'attaque sournoise de leur rival dans la course à la suprématie mondiale. Ils doivent réagir avec force. Des hashtags *#chinesewar, #chinadown, #keepamericafirst* auront 48 heures seulement pour inonder le web afin de lancer la mobilisation. Ils inviteront à de gigantesques manifestations contre l'ennemi partout dans le monde occidental. Détestation.

L'issue ne pourra être que terrible. Pierre regarde autour de lui la réaction de ses collègues. Le Président vient d'entamer la quatrième partie de son allocution. A l'annonce du nom du coupable, l'assemblée devient hystérique. Des « domination » scandent chaque phrase de la fin du discours. Une colère irraisonnée envahit la salle. Les visages sont marqués par la haine et le désir de vengeance. Le monde s'achemine devant les yeux du jeune Français vers une guerre certaine. Et c'est lui qui en a allumé la mèche. Déflagration.

*

Pierre rentre tard chez lui ce soir-là. Son travail chez Phébé s'est poursuivi jusqu'à une heure avancée afin que tout le dispositif « d'information » sur la crise soit prêt pour le lendemain. Il appelle ses parents dès son arrivée. Malgré l'heure matinale en France, il les trouve debout et terriblement inquiets. Ils ont suivi l'allocution du Président américain en direct dans la nuit. L'Europe est également touchée par la vague de bugs informatiques et déplore déjà plusieurs victimes. Elle est largement infectée par le virus à cause de son recours massif aux infrastructures techniques et aux services numériques des Titans. Le Conseil Européen doit se réunir ce matin en urgence.

— Comme d'habitude, il ne décidera rien, s'emporte le père de Pierre. Il se contentera d'une vague déclaration politique commune. Et chacun des Etats fera ensuite ce qu'il veut.

Cela fait plus de dix ans que cela marche ainsi. Depuis que les nationalistes l'ont emporté dans de nombreux pays, la solidarité, déjà limitée depuis la crise de 2008, a été réduite à néant. Cette nouvelle épreuve fera éclater l'Union. Et comment imaginer remonter la pente sans mise en commun de moyens et sans concertation ? Individuellement, nous sommes des nains face aux Etats-Unis et à la Chine. La situation actuelle montre déjà de façon éclatante notre dépendance aux infrastructures et services numériques américains. Par leur faute, nos économies seront, dans les jours qui viennent, mises à l'arrêt. Mais la situation sera encore pire après, car nous n'avons plus les moyens financiers et humains de rebâtir des systèmes qui pourront rivaliser avec les leurs. Au bout de cinq à dix ans, ils auront remonté la pente alors que nous nous serons enfoncés définitivement dans le déclin.

Pierre connait par cœur la rengaine de son père et son pessimisme « naturel ». Mais cette fois, il ne voit pas quoi lui objecter. Sa mère ne leur laisse cependant pas le temps de s'éterniser sur le sujet. Sa seule préoccupation à cet instant est la santé physique et morale de son fils.

— Mon Pierrot, dis-nous surtout comment tu vas. Vous devez être terriblement affectés chez Phébé par ce maudit virus. Quels sont les impacts pour toi ? Comment tu t'en sors ? Ce n'est pas trop dur ?

Le jeune homme est de nouveau inondé par le flot de questions de sa mère. Si elle savait… Mais Pierre ne veut pas l'inquiéter. Oui, il est affecté. Il travaille beaucoup sur la communication de crise avec son mentor. Oui, il reste confiant. Des moyens considérables ont été mis en place pour résoudre le problème. Non, ce n'est pas trop dur. Ils sont tous mobilisés chez Phébé pour rétablir rapidement la situation. Non, il n'a pas trop peur que la situation dégénère. Les Etats-Unis et la Chine sont deux puissances raisonnables qui éviteront d'aller trop loin dans le conflit.

Quand il raccroche, il sent qu'il est parvenu à rassurer ses parents. Il a été puiser des ressources au plus profond de lui-même pour ne rien laisser paraître. Les consignes de Natasha, son ancien professeur de théâtre, lui sont revenues en mémoire : « mettez vos propres émotions de côté ; oubliez tout et concentrez-vous sur votre personnage ». C'est ce qu'il a fait, mais maintenant il se sent vidé. Il ressent le même épuisement qu'à la fin de la représentation de « Lorenzaccio », il y a dix ans dans son lycée, après avoir interprété le rôle-titre. La similitude de sa situation avec celle du anti-héros qu'il a incarné lui saute aux yeux. L'action de la pièce se situe à Florence en 1537. Le jeune Lorenzo de Médicis, dit Lorenzaccio, est le fidèle serviteur et compagnon de débauche du duc Alexandre de Médicis, un lointain cousin qui règne sur la ville en tyran. Personnage ambigu jouant un double jeu, il assassine son maître pour libérer sa patrie et instaurer un régime républicain. Mais son geste dérisoire n'a pas d'autre effet que de faire basculer le pouvoir aux mains d'un autre clan. Honni, calomnié, le jeune homme voit sa tête mise à prix et se fait lyncher par la foule en pleine rue. Son corps est jeté dans la lagune de Venise.

Le souvenir du dernier acte plonge Pierre dans une terreur indicible. Il se précipite sur sa table de nuit dans laquelle il a rangé le téléphone de Julia. Il tape fébrilement.

Julia, tu dois me répondre. J'ai absolument besoin de te parler.

Il pense à la fatalité tragique qui a guidé la vie de Lorenzaccio, sans qu'il sache lui-même pour quoi il agissait. Il pense à son sacrifice, inutile, puisque la tyrannie s'est poursuivie sous une autre forme après le meurtre du duc. Il pense à sa fin, tragique, vilipendé et assassiné par ceux qu'il pensait libérer. Il écrit un deuxième message, implorant son amour.

Réponds-moi. Je t'en supplie.

Le jeune homme reste en attente d'un retour de très longues minutes, peut-être une heure. Mais l'appareil reste désespérément muet. Le découragement s'empare de lui. Elle ne répondra plus. Ils ne se reverront plus. Son geste aura été aussi vain que celui de Lorenzaccio. Et il n'est pas improbable qu'il connaisse la même fin. Cette idée le plonge dans un profond désespoir. Le plus difficile est de ne pas pouvoir parler, échanger sur la situation. Son isolement devient insupportable. Quand tout à coup, une idée germe dans son esprit. Il se saisit de son smartphone et consulte son répertoire de contacts à la lettre S. Il y trouve les coordonnées d'Aristotle Symes. Il compose le numéro avec appréhension. Répondra-t-il alors qu'il est plus de 23 heures ? Acceptera-t-il de lui parler ? La sonnerie retentit trois fois avant qu'une voix familière lui réponde.

— Allo.

— Monsieur Symes. C'est Pierre Favre, votre ancien voisin. J'aurais absolument besoin de vous voir.

La réponse positive de son interlocuteur, sans avoir posé la moindre question et sans s'être étonné de l'heure tardive, met un peu de baume au cœur du jeune Français. Rendez-vous est pris pour le dimanche suivant, dans plus de deux jours, dans une éternité.

XVII

16 avril 2034, 16 heures.

La commune de Vallejo, située dans le nord de la baie de San Francisco, transpire la pauvreté. Autrefois prospère grâce à son chantier naval, elle a vu son taux de chômage exploser à la fermeture de celui-ci, il y a quarante ans. Elle s'est alors transformée en ville dortoir, abritant des travailleurs pauvres ou des sans-emplois, à un moment où le reste de la région connaissait une flambée des prix de l'immobilier grâce au succès de la Silicon Valley. Quatre communautés y cohabitent difficilement, représentant chacune à peu près un quart de la population : des Blancs, des Noirs, des Hispaniques et des Philippins.

Lorsque Pierre arrive à l'entrée de la ville, il est frappé par l'atmosphère délétère qui y règne. Le soleil éclaire d'une lumière blafarde les façades lézardées des maisons, les jardins mal entretenus et les trottoirs jonchés de détritus. Des jeunes désœuvrés trainent dans les rues, narguant les caméras de sécurité désactivées. La police, si présente il y a quelques semaines dans les rues de San Francisco, semble avoir déserté l'endroit. La tension est palpable. Le jeune Français doit pourtant s'arrêter pour demander son chemin. Il a loué le matin même une voiture « traditionnelle » – les véhicules autonomes ayant été retirés de la circulation –, dont le GPS ne fonctionne plus depuis 24 heures. Il avise un bar sur sa droite et gare sa Ford devant la porte, afin de faire le moins de mètres possible « à découvert ».

Quand il entre à l'intérieur de l'établissement sombre et sale, il sent immédiatement qu'il n'y est pas le bienvenu. Une dizaine de visages, manifestement d'origine philippine, interrompent leur conversation et se tournent vers lui d'un air hostile. Rassemblant son courage, il se dirige vers le comptoir où un petit homme, à la peau brune et aux yeux bridés, le dévisage avec circonspection.

— Bonjour Messieurs. Je cherche mon chemin. Pourriez-vous m'aider ?

— Peut-être. Que cherchez-vous ?

— Je dois me rendre 6 Ramsgate Way.

— C'est à l'est de la ville, dans le quartier blanc.

Celui qui semble être le patron du bar tire une vieille carte abimée d'un tiroir et lui montre le chemin jusqu'au nouveau domicile de Symes. La route est encore longue et particulièrement difficile à suivre. Devant le regard désespéré du jeune homme, le Philippin lui offre de conserver son plan.

— Merci beaucoup. Je ne sais pas comment vous remercier.

— Ce n'est rien. Faites quand même bien attention à vous. La ville n'est pas sûre en ce moment.

— Que se passe-t-il ?

— Les tensions sont vives ici. Les gens ont peur de ne plus avoir à manger. Depuis que les caméras de sécurité ne fonctionnent plus, la ville est aux mains de bandes qui détroussent les passants et attaquent les commerces, notamment les commerces asiatiques.

— Vous avez été attaqués ?

— Mon bar a été braqué hier soir. Des hommes blancs ont cassé quelques chaises et emporté la caisse. Selon eux, il ne s'agissait que d'un avertissement. Ils nous ont donné ordre de rentrer chez nous. Mais chez nous, c'est ici. Je suis né à Vallejo, il y a quarante ans. Mes parents ont fui la pauvreté de notre pays il y a plus d'un demi-siècle. Où pourrions-nous aller ? Surtout maintenant.

— Je ne comprends pas. Vous êtes philippin. Pas chinois.

— Vous savez, jeune homme, beaucoup ne font pas la différence. La haine trouve de bonnes raisons pour s'accrocher à n'importe quel prétexte. Notre pays a été longtemps sous l'influence de la Chine. Il en reste quelques caractéristiques physiques chez certains d'entre nous. Cela suffit pour devenir une cible. Les yeux bridés ne sont pas les bienvenus dans votre pays.

— Ce n'est pas mon pays. Je suis français.

Cette dernière phrase achève de rassurer le patron du bar. Il tire du dessous de son comptoir une carabine qu'il exhibe fièrement devant les yeux ébahis du jeune homme.

— Qu'ils viennent. Nous nous défendrons. Nous n'avons de toute façon plus que cela à défendre.

En disant ces mots, il balaie du regard les quatre murs de son établissement miteux. Les clients à proximité, qui s'étaient arrêtés pour écouter la conversation et intervenir en cas de besoin, hochent la tête en guise d'approbation. Pierre décide de ne pas s'éterniser. Il salue l'assemblée, remercie l'homme qui l'a aidé, et quitte la salle, le plan à la main.

*

Le domicile de Symes se situe à l'autre bout de la ville. Le trajet pour s'y rendre est compliqué. Le Français se trompe plusieurs fois de chemin et maudit le GPS qui ne fonctionne pas... avant de se rappeler qu'il est le responsable de la situation. Il parvient au 6 Ramsgate Way, avec plus d'un quart d'heure de retard sur l'horaire prévu. L'adresse correspond à une maisonnette grise mal entretenue, dans un quartier sans âme au nord-est de Vallejo. La sonnette est en panne. Pierre pousse le portillon qui grince et parcourt les quelques mètres qui le séparent du perron sur une allée envahie par les mauvaises herbes. Quelques secondes après avoir frappé à la porte d'entrée, une voix criarde lui demande de l'intérieur de décliner son identité. Il s'exécute, sans omettre d'indiquer qu'il vient rendre visite à Aristotle Symes. Une grande femme voutée, aux cheveux gris ondulés, lui ouvre. Elle ressemble d'une façon étonnante au Joker. Elle le jauge de ses yeux clairs avant de le laisser entrer.

L'intérieur de son domicile s'est figé depuis la fin du siècle dernier. Dans l'entrée, une plante verte artificielle jouxte une commode en pin dont les tiroirs ne ferment plus. Dans le salon, une tapisserie aux motifs floraux et aux couleurs passées orne les murs. Au sol, un parquet aux lattes disjointes grince effroyablement sous les pas. Le mobilier est dépareillé et forme un assemblage hétéroclite d'objets qui semblent tout droit sortis de récupération. Sur un vieux fauteuil élimé, près de la fenêtre, est assis un homme d'âge mur, mal rasé, à la chevelure dégarnie. Il porte un pantalon informe et un marcel. Au passage de celle qui doit être sa femme et du visiteur, il grommelle quelques mots qui lui attirent aussitôt une volée de bois vert.

— Espèce de fainéant. Tu pourrais au moins dire bonjour. Excusez mon mari, Monsieur. Ce propre-à-rien passe ses journées sur son siège à cuver ses bières. Depuis qu'il a perdu son travail au chantier naval, il y a quarante ans, il est allé de petits boulots en petits boulots avant de sombrer dans l'alcool. Cela fait quinze ans qu'il est dans cet état et qu'il ne travaille plus. Maintenant qu'il n'y a plus le revenu minimum, comment allons-nous bien pouvoir faire pour vivre ? Avec Aristotle qui ne vaut pas mieux…

Elle soupire profondément avant de s'engager dans l'escalier.

— Venez. Il est à l'étage. Il vous attend.

Symes est assis près de la fenêtre, dans une petite chambre dépouillée aux murs gris. La lumière du jour éclaire son visage terreux et ses yeux enfoncés dans leurs orbites. Il respire difficilement. Pierre ne peut s'empêcher un mouvement de surprise.

— Symes, mais que vous arrive-t-il ?

— Ah mon jeune ami, vous voilà ! Je suis heureux de vous voir. Vous me distrayez de mes quatre murs hideux et de cette vieille folle insupportable.

La vieille folle lève les yeux au ciel en signe de désespoir, et les laisse seuls en refermant la porte derrière elle.

— Je me meurs, mon ami. Et je ne sais pas si je me meurs de ce foutu cancer qui me dévore la poitrine ou de ce taudis dans lequel on me force à vivre avec des demeurés. J'ai été opéré la semaine dernière d'une pneumonectomie. On m'a enlevé la totalité d'un poumon. Toutes mes économies y sont passées. Et sans doute en pure perte, car je n'ai maintenant plus suffisamment d'argent pour le traitement qui doit suivre.

— Je vous avais dit de m'appeler… que je vous prêterais…

— Un prêt sans retour, sourit le vieil homme avec ironie. J'apprécie votre proposition, croyez-le bien. Mais à quoi bon ? Ce monde n'est pas fait pour moi. J'avais cru qu'il changerait. Les occasions n'ont pas manqué après nos dernières crises. Mais les hommes n'apprennent rien.

— Pourquoi dites-vous cela ? Le monde s'est quand même reconstruit. La croissance est repartie. Le niveau de vie moyen a continué à progresser, même si c'est plus faiblement.

— C'est ce que je dis. Rien n'a changé. Vous me parlez là d'indicateurs qui ne mesurent qu'une toute petite partie de la réalité. Parallèlement, la courbe du réchauffement climatique s'est emballée et le différentiel de revenus entre les plus pauvres et les plus riches n'a jamais été aussi élevé. Et ce ne sont que quelques exemples.

— Qu'aurait-il fallu faire selon vous ?

— Ces crises avaient mis en lumière les impacts délétères d'une mondialisation débridée, de la course aux seuls profits, de la dégradation de la biosphère, de la montée des inégalités.

Mais elles étaient aussi l'occasion de nouveaux possibles. Savez-vous qu'en chinois, une crise se traduit par *wei-ji*, ce qui signifie danger et opportunité ? Elle est conçue comme un moment de danger à traverser en même temps qu'une opportunité à saisir. Nous aurions dû profiter de ces moments pour partir sur de nouvelles bases et choisir une voie plus écologiquement et socialement responsable.

— Est-ce que vous voulez parler de la voie de la décroissance ? S'il s'agit de faire décélérer l'économie pour mieux respecter les ressources naturelles, de produire localement, de réduire la place du travail dans la vie, de retourner à la frugalité et à « une simplicité volontaire », je crains fort qu'il s'agisse d'une utopie. Comment peut-on imaginer qu'une telle politique puisse assurer les besoins vitaux d'une population mondiale appelée à croître de 1 % par an et qui vit encore à plus de 10 % sous le seuil de pauvreté ? Ce n'est pas réaliste.

— Je ne parlerais pas pour ma part de décroissance. Je parlerais plutôt, comme le faisait votre philosophe Edgar Morin d'un modèle qui aurait associé croissance de l'économie de l'essentiel et décroissance de l'économie du futile et du jetable, développement de l'écologie et enveloppement dans de nouvelles solidarités, coopération internationale et autonomie accrue des territoires. Un modèle qui ne refuse pas le progrès technologique, bien au contraire, mais l'encadre pour le mettre au service d'un nouvel humanisme à inventer !

Pierre prend quelques secondes pour jauger l'homme en face de lui. Le vieillard malade s'est mué, depuis quelques minutes, en orateur passionné. La transformation est saisissante. Ses yeux se sont rallumés. Son corps s'est redressé. Ses mains s'agitent. Même sa voix, au début éraillée et essoufflée, est devenue progressivement plus claire. Le professeur a trouvé un auditoire. Et son élève accepte bien volontiers de jouer le jeu en remettant une pièce dans la machine.

— Si je vous comprends bien, les crises sont des moments de rupture, où il est plus facile de s'interroger et de remettre en cause les choix qui ont été faits par le passé. Alors comment expliquer que nous ayons continué exactement comme avant ? Voire même pire qu'avant ?

— A chaque fois, les pays les plus puissants ont refusé de prendre conscience qu'ils partageaient un même destin planétaire et se sont précipités dans le chacun-pour-soi. Leur priorité était de faire repartir la croissance le plus rapidement possible, au mépris de toute autre considération à plus long terme. A ce jeu, la Chine s'est trouvée l'emporter. Grâce à son système techno-dirigiste, elle a su combattre efficacement le virus du covid19 au début des années vingt et remettre son économie en marche la première. Alors qu'elle a offert la pandémie au monde et fait preuve d'une dissimulation coupable, elle s'est vue érigée en modèle d'efficacité par de nombreux régimes qui ont voulu la copier. Les géants du net américains, qui sont sortis eux aussi très renforcés de la période, n'ont eu qu'à s'engouffrer dans la brèche et offrir leurs services à des régimes politiques qui acceptaient en contrepartie de les laisser prospérer sans entrave. Quand technologies, course au profit et volonté de pouvoir se rencontrent, elles forment un cocktail détonnant qui prépare les dictatures les plus efficaces.

Le professeur s'arrête pour reprendre son souffle. Il cherche à juger l'effet produit par son discours sur son disciple.

Mais Pierre est perdu dans un nuage de réflexions et de questions qui l'assaillent. Il se reproche notamment de n'avoir rien vu pendant longtemps, et de n'avoir rien fait... sauf l'irréparable en dernier ressort.

— Je n'arrive toujours pas à comprendre comment des démocraties matures ont pu en arriver là, soupire le jeune homme.

— C'est un long processus de délitement, accéléré par les deux crises que je mentionnais, reprend Symes. Le développement des inégalités depuis quarante ans a détruit toute idée de solidarité et d'intérêts partagés entre individus, communautés ou Etats. Il a favorisé la montée des populismes et des nationalismes, qui dénoncent des coupables faciles ou imaginaires aux situations difficiles. Ces coupables ont pour nom les élites, un pays ennemi ou une religion concurrente. C'est un vieux stratagème qui permet d'arriver au pouvoir et ensuite de s'y maintenir en proposant d'arbitrer les libertés des citoyens contre plus de sécurité face à un adversaire désigné. Alors que la complexité toujours plus grande du monde nous montre la nécessité absolue de la coopération, nous nous divisons et construisons un système de plus en plus ingérable.

Pierre constate avec tristesse que le professeur commence à se fatiguer. Cela fait plus de vingt minutes qu'il parle quasiment seul, de manière enflammée. Mais ses forces l'abandonnent. Son visage est redevenu terreux et son souffle court. La conversation ne pourra pas se prolonger très longtemps. Il est temps pour le jeune homme d'aborder le sujet pour lequel il est venu.

— Vous avez parlé de « dictature », de « système devenu ingérable ». Mais alors, comment faire pour en sortir ? Nous ne pouvons plus continuer ainsi.

— Nos dirigeants économiques et politiques ont une grosse responsabilité dans cette situation. Ils n'ont été élevés que dans le culte du profit et de la performance. Ils ne se sont pas suffisamment préoccupés des conséquences de leur croissance effrénée, notamment sur l'environnement, les égalités ou l'éthique. Mais pour quel dessein final ? A quoi tout cela mène-t-il si vos enfants ou petits-enfants vivent moins bien que vous par votre faute ? Où est le progrès ? La technologie n'est pas bonne ou mauvaise en elle-même. Elle est seulement ce qu'en font les hommes. Et à cet égard, le seul critère qui vaille est de savoir si elle rend les générations actuelles et futures plus heureuses ou pas. Aujourd'hui, elle est essentiellement occupée à contrôler, désinformer et nous divertir de l'essentiel.

La réponse de Symes, qui n'en est pas vraiment une, laisse le Français sur sa faim. Il n'est pas question qu'il en reste là. Il reformule sa question sous une forme plus précise.

— Est-ce que la cyberattaque actuelle n'est pas l'occasion de repartir sur de meilleures bases ?

Le vieil homme s'interrompt un instant pour le regarder de ses yeux clairs et lui sourire tristement.

— Mon jeune ami, je souhaiterais que vous ayez raison. Je suis un optimiste fondamental. Notre monde évolue à coups de balancier. Un jour, je suis sûr qu'il entendra raison ; et que la nécessité l'obligera à prendre la bonne voie. Mais d'ici là, combien de désastres auraient pu être évités ? Je suis toujours surpris par l'incapacité de la plupart des individus à prendre de la hauteur, à réfléchir aux conséquences de leurs actes, à se projeter dans le futur au-delà des tous prochains mois ou années. Nous sommes prisonniers de la tyrannie de l'instant, qui nous oblige à trouver des solutions immédiates à des problèmes complexes, au détriment le plus souvent du sens. Car la question que nous ne nous posons jamais suffisamment est : quel est le sens de ce que je fais pour moi, pour les autres, pour mes enfants et mes petits-enfants ?

— Alors justement, quelle est le sens de la cyberattaque actuelle, à votre avis ? poursuit Pierre.

— Si j'en juge par ce que disent les médias, il s'agirait d'une agression de la Chine contre les Etats-Unis. Notre irréductible ennemi voudrait nous déstabiliser, détruire notre avance technologique et établir son hégémonie sur le monde, répond le vieil homme, comme absent.

— Mais si la réalité était plus complexe ? Si l'attaque avait été lancée par un tiers pour que les deux super puissances s'affrontent, se neutralisent, et qu'un nouvel ordre mondial plus juste puisse émerger ?

Le Français pose maintenant ses questions de façon fiévreuse. Sa fébrilité contraste étrangement avec la fatigue qu'on lit dans les yeux de son interlocuteur.

— C'est une théorie intéressante, dit Symes en mobilisant ses dernières forces pour répondre. Mais dans ce cas, quelle naïveté ! Il faut relire Kant : *agis de telle sorte que tu traites l'humanité, aussi bien en toi qu'en autrui, toujours comme une fin et jamais simplement comme un moyen.* Les révolutionnaires ont souvent justifié leurs exactions les plus sordides par une fin supérieure. Cela n'a entraîné la plupart du temps que misère et désolation. Il existe une relation assez bien établie dans l'histoire entre le nombre de violences inutiles et l'incapacité à faire émerger ensuite un ordre juste. L'hypothèse que vous faites, mon jeune ami, est d'un cynisme redoutable. La première attaque attribuée aux Chinois va déjà faire des milliers, peut-être des millions de victimes innocentes. Elle va appeler une riposte qui en entraînera beaucoup d'autres. Personne ne sait où l'escalade va s'arrêter. Comment les responsables d'un tel cataclysme pourraient-ils être ensuite légitimes pour conduire le monde ?

— Mais pour établir un autre pouvoir, quel autre moyen a-t-on qu'opposer la violence à des dictatures aussi puissantes ? s'écrie le jeune homme.

— Si la violence peut être parfois justifiée par sa finalité, elle ne peut jamais être légitime, tranche Symes dans un souffle.

Il reprend avec difficulté.

— Le pouvoir a besoin de légitimité pour s'exercer. Il correspond à l'aptitude de l'homme à agir, et à agir de façon concertée pour un objectif commun. En cela, il s'oppose à la domination d'un groupe d'individus sur un autre. Il doit être considéré comme moralement juste et nécessaire, sinon c'est un nouveau totalitarisme qu'on met en place. Comment pourrait-il naître d'un acte violent contre une large partie de la population sur laquelle il est censé s'exercer ?

Pierre se rend compte qu'il attendait cette réponse du professeur. Elle est comme une évidence aux questions qui se bousculaient dans sa tête depuis plusieurs jours. Elle anéantit certes le sens de ce qu'il a fait et condamne son geste. Mais elle lui évite peut-être de devenir coupable du pire. Il doit absolument arrêter l'engrenage infernal qu'il a déclenché. Il doit se livrer pour empêcher une guerre désastreuse entre les Etats-Unis et la Chine. Il peut encore sauver des vies.

Il prend congé de son hôte, non sans lui avoir de nouveau proposé de l'aider à payer son traitement. Celui-ci est épuisé. Mais il trouve encore suffisamment de forces en lui pour refuser obstinément.

— Dans ma vie, jeune homme, je n'ai jamais dépendu de personne. Je ne vais pas commencer aujourd'hui. Dans les circonstances actuelles, vous aurez plus besoin de cet argent que moi.

Pierre échange une longue poignée de main avec le vieil homme. Il aimerait tellement que ses longs doigts décharnés lui transmettent un peu de leur sagesse. C'est la dernière fois qu'ils se voient. Ils le savent tous les deux. Le jeune Français peine à quitter les lieux. Il voudrait profiter encore quelques instants des lumières du professeur. Mais ses derniers feux sont en train de s'éteindre.

Sur le pas de la porte, il lui pose sa dernière question.

— Ah, j'oubliais. Savez-vous par hasard à quoi correspondent ces vers :

> *J'ai vu comme une mer de cristal mêlée de feu, et les vainqueurs de la bête, de son image et du chiffre, debout sur la mer de cristal.*

— Oui, bien sûr. La Bible, le Nouveau Testament. C'est un extrait de l'Apocalypse selon Jean.

XVIII

16 avril 2034, 18 heures.

Sur la route du retour, Pierre peaufine son plan. Il se rendra le soir-même au poste de police de Palo Alto pour se dénoncer. Il devrait très vite être remis au FBI, qui couvre l'antiterrorisme, le contre-espionnage et le crime informatique. Il leur expliquera que la Chine n'est pour rien dans la cyberattaque, qu'il en est le seul responsable, qu'il a agi seul, qu'il voulait bâtir un monde meilleur, qu'il ne s'est pas rendu compte des conséquences de ses actes. Il s'interrompt. Face à des experts de la cybersécurité, ses allégations ne tiendront pas cinq minutes. Ils verront rapidement qu'il est incapable de fabriquer un tel virus. Il n'en connait pas suffisamment bien le fonctionnement. Il se reprend. Il leur dira qu'il a été recruté sur le dark web, par une organisation de l'ombre. Mais dans ce cas, comment prouver qu'il ne s'agit pas de la Chine ? Il change une nouvelle fois d'avis. Il prétendra plutôt que c'est lui qui a recruté sur la toile ses complices. Un hacker lui a proposé ses services et il a inoculé son virus sans se rendre compte de l'ampleur des dégâts qu'il allait causer. Il voulait juste protester contre la toute-puissance des Titans, pas abattre le système. La sophistication de l'attaque risque de plaider contre ses propos. Mais après tout, dans le domaine informatique, on n'est jamais sûr de rien. Un petit génie peut très bien avoir trouvé une faille que personne avant lui n'avait identifiée. Cela s'est déjà vu. L'essentiel est de ne pas pouvoir remonter à Julia, de ne pas la compromettre. Même si elle l'a abandonné, il ne veut pas la voir souffrir. La décision de se rendre est une décision qu'il a prise seul. Il doit donc payer seul.

Maintenant qu'il a décidé ce qu'il va faire, Pierre allume la radio de sa voiture sur la bande FM. Ce réseau a disparu de la plupart des pays européens mais est resté encore très présent aux USA. Il a été très tôt identifié comme l'un des moyens d'information privilégié à utiliser en cas de catastrophes, notamment naturelles. Lors des cyclones, des ouragans ou des feux de forêt, il est fréquent que les services de téléphonie cellulaire ne fonctionnent pas, que les coupures de courant empêchent l'accès à la télévision ou que la connectivité Internet soit peu fiable ou inexistante. Les stations de radio émettant en modulation de fréquence sont alors les seules à pouvoir diffuser des instructions d'évacuation, des mises à jour météorologiques et des flashs d'actualité pendant les crises.

Le jeune Français règle le tuner sur une chaîne d'informations. Les nouvelles ne sont pas bonnes. Les Etats-Unis préparent activement le monde à une intervention contre la Chine. Ils viennent d'adresser à la plupart des capitales étrangères un rapport détaillé démontrant l'implication de la dictature communiste dans la gigantesque cyber-agression dont l'Occident est victime. Les protestations sont unanimes dans le camp des « alignés », à savoir les pays sous influence américaine : « des sanctions à la hauteur des dommages subis » sont exigées. Les

« non alignés », Europe en tête, se sont contentés de condamner « un acte déloyal mettant en danger la sécurité mondiale ». Mais la nouvelle sans doute la plus importante est que l'Inde, troisième plus grande puissance mondiale et voisine de l'Empire du Milieu, aurait accepté de prêter une aide logistique aux Etats-Unis en cas de riposte. La Chine a immédiatement réagi en niant être à l'origine de l'attaque et en demandant la convocation du Conseil de Sécurité de l'ONU. Chacun sait bien néanmoins que l'Organisation n'est plus qu'un fantôme depuis son abandon il y a une dizaine d'années par les Américains et son noyautage par les Chinois. La résolution adoptée, s'il y a résolution, rejoindra la longue liste des dispositions violées à peine votées. Car le monde d'aujourd'hui est multipolaire, mais il n'est plus multilatéral, regrette Pierre. La coopération tournée vers la recherche de solutions collectives face à des défis partagés a depuis longtemps été abandonnée, pour laisser la place à une conception du bien commun basée sur les intérêts nationaux. Une voie qui favorise peu la concertation et le dénouement des conflits.

Le commentateur à la radio poursuit son analyse par la liste des options envisageables dans le cadre « d'une réaction proportionnée des Etats-Unis ». L'hypothèse la plus couramment avancée est celle d'une cyber-contre-attaque massive dirigée sur les principaux centres stratégiques et économiques chinois. On ignore néanmoins si elle serait réellement efficace, l'ennemi étant sur ses gardes et disposant d'une organisation parmi les plus avancées en matière de sécurité informatique. L'éventualité d'une guerre biologique semble avoir été définitivement écartée car trop difficilement maîtrisable. L'option militaire reste, en revanche, sur la table. Mais personne ne connait réellement l'état des robots et systèmes autonomes de l'armée américaine après la cyberattaque. De nombreux experts estiment que ces forces sont intactes, car protégées par un protocole de sécurité plus efficace que le reste des systèmes informatiques du pays. Cependant, il n'y a aucune certitude à date. Quant à engager des humains de façon massive dans la bataille, cela fait belle lurette que l'opinion mondiale n'y est plus prête.

L'émission s'interrompt par un long flash de publicité. Même en temps de guerre, le business continue, s'étonne le Français, non sans amertume. Le son des enfants qui s'extasient devant le goût d'un hamburger ou de jeunes qui trinquent bruyamment autour d'une bière lui apparait comme profondément décalé. Sans transition, le cours du programme reprend avec l'intervention d'un nouveau spécialiste militaire. Il évoque une autre hypothèse d'intervention qui consisterait à utiliser des armes à énergie dirigée, capables de propager vers une cible, à la vitesse de la lumière, un faisceau électromagnétique. Les Etats-Unis disposeraient en ce domaine d'une avance technologique certaine. Les armes à micro-ondes, notamment, seraient susceptibles d'envoyer un flux d'énergie capable de détruire complètement des infrastructures modernes de plus en plus dépendantes de l'électronique, tout en ne provoquant aucune victime, du moins par effet direct. L'expert précise néanmoins qu'il a été constaté qu'à certaines fréquences, les ondes pénètrent l'épiderme humain, provoquant une sensation d'échauffement insoutenable. Pierre frissonne. Non, cela ne se passera pas, car il se rendra et avouera son crime. Les autorités comprendront vite que, malgré les apparences, l'ennemi de toujours n'a rien à voir avec cette attaque. Cela devrait calmer les esprits.

Cet espoir, auquel il s'accroche, est en partie douché par la fin du flash d'informations et la longue liste des incidents qui ont eu lieu entre communautés blanche, noire, hispanique et la communauté asiatique. Dans tout le pays, des expéditions punitives ont été menées contre des ressortissants d'origine chinoise ou présumée comme telle. Plus d'une cinquantaine de morts sont déjà à déplorer et des milliers de blessés. La police ne semble pas intervenir, ou alors avec parcimonie pour éviter les carnages trop importants. Les autorités ont annoncé dans l'après-midi que « les individus de race jaune ne peuvent plus se considérer comme en sécurité dans le pays et sont invités à quitter le territoire ». Pierre soupire. De gigantesques manifestations contre la Chine se sont tenues partout, hier et aujourd'hui, en Occident. Les débordements étaient inévitables. La haine est en train de faire son office : elle focalise les passions sur une cible commune ; elle détourne l'attention de l'essentiel, à savoir la fragilité du système, les inégalités, l'absence de liberté ; et elle fait apparaître le tyran comme un sauveur, seul rempart contre la menace incarnée par l'ennemi extérieur. Décidément les Titans sont trop forts. Quelle prétention d'avoir voulu les défier !

*

Le panneau indiquant la sortie Palo Alto apparaît enfin dans la lueur des phares de la voiture. Il n'est que 19 heures 30, mais la pénombre a envahi l'autoroute, aidée en cela par un ciel plombé. L'atmosphère est orageuse, prête à craquer. Un éclair transperce l'horizon. Le jeune homme se surprend à compter le nombre de secondes entre l'apparition de la zébrure et le coup de tonnerre. Son calcul s'arrête à huit.

L'orage se situe à moins de trois kilomètres. Il n'imagine pas encore à quel point il est proche ! Quand il arrive à proximité de sa résidence, une pluie battante s'est mise à tomber. Il distingue à peine à travers ses essuie-glaces les voitures noires garées en travers du trottoir devant l'entrée de son bâtiment. Il se dirige directement vers la rampe du parking sans y prêter attention. Le bruit assourdissant des gouttes qui frappent la tôle cesse dès qu'il entre dans son immeuble. Le silence l'aide à se concentrer à nouveau sur son plan d'action.

Il doit passer à son appartement pour écrire un message à ses parents et à sa petite sœur. Il leur expliquera la situation et tentera de les rassurer. Son père doit bien connaître de bons avocats. Cela lui sera utile. Puis il triera quelques affaires qu'il prendra avec lui. Il risque de ne pas pouvoir recouvrer sa liberté avant longtemps. Enfin, et surtout, il doit se débarrasser de ce maudit téléphone que lui a confié Julia. Pourquoi ne l'a-t-il pas fait plus tôt ? Il soupire. C'est son dernier et seul lien avec elle. Il n'a conservé de leur relation aucun autre objet, aucune photo. Uniquement ses messages sur un écran et des images dans sa tête et dans son cœur. Détruire cet appareil sera un déchirement, mais il doit le faire pour protéger celle qu'il aime. Cette idée le plonge dans une profonde mélancolie. De ce fait, il ne remarque pas, quand il sort de sa voiture, un vigile posté de façon inhabituelle dans le parking. Il prend l'ascenseur et s'arrête au troisième étage. Le couloir est vide. Il cherche ses clés au fond de sa poche en maugréant. Sa porte s'ouvre d'habitude automatiquement à la détection de la puce de son poignet. Mais depuis 48 heures, il faut en revenir aux vieilles méthodes. Il introduit le bout de métal dans la serrure et lui fait faire une demi-rotation pour libérer le pêne. Il était pourtant certain d'avoir fermé le matin même à double tour.

Il n'a pas le temps de s'en étonner. Quatre hommes l'attendent dans son appartement, les yeux fixés sur lui.

*

— Mais que faites-vous là ? Vous n'avez pas le droit.

— Nous avons au contraire tous les droits, car nous sommes ici chez nous. Et jusqu'à preuve du contraire, tu travailles pour nous… à moins que ce soit contre nous ?

Charrington vient de prendre la parole de son inimitable voix aigrelette, détachant chaque syllabe avec affectation. Pierre reconnait vaguement à côté de lui deux vigiles qu'il a croisés dans l'enceinte de Phébé. En jetant un regard dans la pièce, il perçoit immédiatement que son appartement a été fouillé de fond en comble. Ses livres et ses photos sont éparpillés sur le sol.

— Cela ne vous donne pas le droit de pénétrer dans un domicile privé et de le saccager, hurle-t-il, fou de rage.

— Tu devrais te calmer, *rookie.* A qui tu veux nous dénoncer ? A ton papa ? A ta maman ? susurre l'adjoint de O'Brien, d'un air mielleux.

— Je vais appeler la police, rétorque le jeune homme hystérique.

— Je ne crois pas, non. Tu vas d'abord commencer par nous dire si tu es pour quelque chose dans le gigantesque bordel actuel.

— Quel bordel ? reprend le Français, soudain inquiet.

— Ne fais pas le malin. Tu sais très bien de quoi je parle. Ce ne serait pas toi par hasard qui nous aurait refilé ce foutu virus ? Avec ta gueule d'ange, on te donnerait le bon Dieu sans confession. Mais j'ai peur que tu sois plus Judas que Pierre…

A son bon mot, Charrington part dans un énorme éclat de rire. Il ne s'arrête plus. Son corps est tout entier secoué de spasmes. Puis ses esclaffements se transforment en ricanements menaçants, devant l'œil impavide de ses collègues.

— Bon. Reprenons. Concentre-toi. Nous parlions du virus. Es-tu sûr de ne pas y être un peu pour quelque chose ?

A l'énoncé de la question, les trois vigiles s'emparent chacun d'une chaise pour s'asseoir autour de la table du living. Ils sont manifestement prêts à ce que la séance dure. Charrington s'est transformé lui en prédateur. Il se rapproche de sa proie, tourne autour d'elle, la dévisage de son regard de fouine, à la recherche de la moindre expression qui pourrait la trahir. Pierre sent son souffle sur son cou. Il commence à avoir peur.

— Vous n'êtes absolument pas habilités à mener un tel interrogatoire. Je veux voir la police, rétorque-t-il d'une voix mal assurée.

— Eh, les gars… Vous avez entendu ? Le *rookie* veut voir la police… Pourquoi pas un avocat, pendant qu'on y est ?

L'adjoint de O'Brien repart dans un rire tonitruant sans obtenir, une fois encore, la moindre réaction de ses acolytes.

— Ecoute. Je vais essayer de te rafraîchir la mémoire. Te rappelles-tu ce que tu faisais le 21 mars vers 15 heures ?

A l'évocation de cette date et de cette heure, le sang du jeune Français se glace. Il devient livide.

— Je vois à ton expression que tu t'en souviens… Cela me rassure. Mais je vais continuer à t'aider encore un peu. Ce jour-là, tu t'es installé dans une cabine de travail à ton étage, tu as allumé l'ordinateur en libre-service qui était là, tu t'es connecté à l'une de nos bases de données avec les mots de passe de l'un de nos techniciens, et tu as inoculé ton foutu virus dans nos systèmes. Pas vrai ?

— Mais comment…, bafouille Pierre.

— Comment nous savons ? l'interrompt Charrington. Ton problème, *rookie*, c'est que tu es un amateur. Quand nous avons essayé de remonter à l'origine de l'attaque, nous avons interrogé toutes les connexions étranges sur nos systèmes depuis un an. Un long travail, minutieux, mené avec ce qui nous restait d'intelligence artificielle valide. Nous sommes tombés sur des incohérences, le 21 mars, entre des requêtes complexes, lancées sur des bases de données, et les mots de passe et identifiants génériques utilisés, réservés normalement à nos techniciens. Tu vois le problème ? Qu'est-ce qu'un technicien en infrastructure aurait bien pu faire à lancer pendant plusieurs minutes des requêtes sur des données qu'il ne maîtrisait pas ? Cela nous a mis la puce à l'oreille. Nous avons alors interrogé tous les techniciens, en tout cas, tous ceux susceptibles d'utiliser ces codes de connexion. Pas un n'a effectué de telles requêtes, et pour cause. En revanche, l'un d'entre eux t'a installé un accès à des bases de données la veille. En poursuivant l'enquête, nous avons appris combien ton voisin de bureau s'était étonné de ton comportement étrange, cet après-midi-là. Il nous a décrit avec force détails ta nervosité, ton visage rouge, ta transpiration… en bref, tous les signes physiques de quelqu'un qui a quelque chose à se reprocher. Un peu comme maintenant, non ?

Pierre n'arrive pas à contrôler les gouttes de sueur qui perlent sur son front. Il se sent misérable. Il pensait détourner l'attention en utilisant les codes du technicien. Il l'avait au contraire attiré sur lui. Il n'est décidément pas à la hauteur du rôle que Julia a voulu lui faire jouer. La présence physique de son tortionnaire, penché sur lui à quelques centimètres, est insupportable. Il n'arrive plus à respirer. Des tremblements, qu'il souhaiterait dissimuler, secouent son corps.

— Je veux voir la police, sanglote-t-il.

— Mais la police… c'est nous ! répond l'adjoint de O'Brien, avec un sourire sadique. Nous savons déjà tout.

Il vient de déposer ostensiblement devant sa proie le téléphone de Julia.

XIX

17 avril 2034, 9 heures.

Pierre n'a pas dormi. Il a été transporté de son appartement à l'un des bâtiments de la sécurité de Phébé. Il ne sait pas exactement depuis combien de temps. Ils lui ont, dès son arrivée, enlevé son portable et sa montre connectée. Mais cela doit faire plusieurs heures, peut-être une dizaine, qu'il y est enfermé. Il se sent faible mais il a les idées claires. Rien ne sert de nier les faits. Ils ont toutes les preuves en leur possession pour démontrer qu'il est à l'origine de la cyberattaque. De toute façon, il avait l'intention de se rendre. Il leur avouera son forfait, expliquera que la Chine n'est pour rien dans cette affaire, et affirmera qu'il agissait au nom d'une organisation indépendante qui voulait rendre le monde plus juste. Sa seule préoccupation est qu'ils ne puissent pas remonter à Julia. Leurs échanges, encore enregistrés dans le portable, laissent peu de doutes quant à la nature de leur relation. Il devra être le plus flou possible pour qu'ils ne puissent pas la retrouver, omettre tout détail trop précis, et surtout les convaincre qu'il a perdu sa trace, ce qui n'est que la stricte vérité. Il prie pour qu'elle ait quitté les Etats-Unis. Mais où qu'elle se cache, n'ont-ils pas les moyens de la retrouver ? Il se maudit une nouvelle fois d'avoir conservé le téléphone. Pourquoi n'a-t-il pas écouté les consignes avisées de celle qu'il aime ?

Il interrompt ses pensées pour s'intéresser plus attentivement à l'endroit dans lequel il est retenu prisonnier. Il s'agit d'une salle aveugle qui se situe probablement en sous-sol du bâtiment principal de la sécurité. Elle mesure une vingtaine de mètres carrés. Ses murs sont blancs. Une porte blindée en constitue l'unique ouverture. Quand il lève la tête, la lumière crue d'un néon menace de l'aveugler. Il s'est assis, sans y prêter garde, sur la seule chaise de la pièce. En face de lui se trouve un bureau vide. Il a soif et ses tempes sont douloureuses. L'attente commence à devenir longue. Il ne perçoit aucun bruit provenant de l'extérieur et ce silence l'angoisse. Il espère qu'ils vont arriver vite, qu'il va pouvoir s'expliquer et qu'ils le livreront à la police. La réplique de Charrington lui revient à la mémoire : « la police, c'est eux ! ». Il ajouterait volontiers : « la justice, c'est eux ! », « le gouvernement, c'est eux ! », « Dieu, c'est eux ! ». Ils savent tout, ils contrôlent tout, ils ont le pouvoir sur tout.

Le bruit du verrou de la porte le fait sursauter. O'Brien entre. Il est accompagné de Charrington. Son apparition est ressentie comme une délivrance pour le jeune homme.

— O'Brien. Dieu merci ! Te voilà. Je vais pouvoir t'expliquer. Il faut arrêter tout cela.

Son mentor laisse tomber sur lui un regard grave, presque triste. Son visage, dans la lumière brutale du néon, parait plus grossier, plus usé, que d'habitude. Il est marqué par de larges poches sous les yeux et des rides profondes sur le front.

— Alors, *rookie*. Tu joues à l'apprenti terroriste. Tu sais que tu t'es mis dans une bien mauvaise position ?

— Bien sûr que je le sais. J'allais me rendre à la police si vous ne m'aviez pas arrêté hier soir. Tout cela est allé beaucoup plus loin que ce que j'imaginais. Mais surtout, les Chinois n'y sont pour rien…

— C'est cela, reprend Charrington de sa voix de fausset. Tu voulais te rendre et tu ne travailles pas pour les Chinois… Tu nous prends pour des demeurés ?

— Mais je vous jure que c'est vrai, gémit Pierre. Tim, il faut me croire. Je t'assure. Il faut éviter cette guerre stérile. J'ai été contacté il y a trois mois par une organisation…

— Par une certaine Julia, c'est cela ? l'interrompt O'Brien.

— Oui. C'est cela. Elle fait partie d'une organisation internationale clandestine qui lutte pour un monde plus juste, plus égalitaire, plus libre. Elle m'a convaincu de l'aider. C'est elle qui m'a fourni une clé USB porteuse du virus.

— Un virus créé à partir d'un clavier chinois, précise Charrington, narquois.

— Mais c'était pour vous tromper, proteste le jeune homme. Cela a très bien fonctionné d'ailleurs. Ils étaient convaincus que vous vous précipiteriez sur cet indice pour riposter. Leur volonté était de vous entraîner dans un conflit total pour que vous vous anéantissiez mutuellement. Sur vos décombres, ils voulaient faire naître un nouvel ordre mondial.

— Et qu'est-ce qui te dit que Julia ne travaille pas pour la Chine ? interroge doucement O'Brien. Elle aurait très bien pu te tromper.

Pierre se fige. Il n'y a jamais pensé. Mais c'est impossible. Elle est estonienne. Elle déteste les dictatures communistes. Son idéal est pur. Et elle ne l'aurait jamais abusé de la sorte. Ils s'aimaient bien trop pour se mentir.

— Nous avons agi pour le compte d'une organisation clandestine, pas pour le compte de la Chine, répond-il en détachant chaque syllabe pour bien marquer sa conviction.

— Charrington, tu veux bien nous laisser, s'il te plait ? demande poliment le chef à son second. Je dois parler seul à seul avec Pierre.

L'adjoint zélé hoche la tête en guise d'assentiment et quitte la pièce en la fermant à double tour. Bien loin de le rassurer, cette situation plonge le jeune Français dans la panique. Il se retrouve seul face à O'Brien, dans un endroit isolé, sans que personne ne sache où il est, à l'exception de trois agents de la sécurité et de Charrington. Il n'aime pas la voix doucereuse que le responsable de Phébé a prise depuis tout à l'heure. Il n'aime pas qu'il l'appelle par son prénom. Il n'aime pas non plus l'air grave qu'il affiche et qui le fait ressembler à un mauvais acteur de série B.

— Pierre, nous savons tout sur cette Julia. Elle s'appelle Julia Poliakoff. Elle est d'origine russe. Elle a certes étudié en Estonie pour y apprendre les nouvelles technologies, puis en Finlande et en Grande-Bretagne. Mais elle a surtout été recrutée à sa sortie de l'Imperial College par les Chinois pour infiltrer nos amis de Cronos. Nous en avons toutes les preuves.

— Tim, c'est impossible. C'est un subterfuge pour vous faire croire que la Chine est à l'origine de l'attaque. C'est comme l'histoire du clavier chinois. Ce sont des leurres pour vous égarer. L'objectif de l'organisation est d'aboutir à un conflit majeur et de vous détruire.

— Pierre, tu es naïf. Je te dis que nous avons toutes les preuves que Julia Poliakoff agit pour le compte des bols de riz. Il n'y a aucun doute là-dessus.

La voix de O'Brien dissimule mal son agacement. Il déteste qu'on lui résiste. C'est visible. Sa nervosité provoque un regain d'énergie chez le jeune Français.

— Tu te trompes. Il faut absolument arrêter cette escalade qui mène droit au chaos. Vous prenez un risque majeur en attaquant la Chine alors qu'elle n'est responsable de rien…

— C'est toi qui ne comprends rien. Le véritable risque, ce serait de ne rien faire. Comment pourrions-nous laisser ces faces-de-lune prendre un avantage technologique décisif et contrôler le monde ? Ce serait la fin de notre civilisation occidentale. Il faut les arrêter, coûte que coûte.

Pierre lit la haine dans les yeux du patron de l'Information de Phébé, ainsi qu'une détermination inébranlable. Il comprend à cet instant que peu lui importe l'origine de l'attaque et les millions de victimes potentielles auxquelles pourrait conduire un conflit futur. Sa seule préoccupation est de conserver son pouvoir et ses profits. Cette découverte le remplit de colère.

— En fait, tu n'en as absolument rien à faire de qui a fabriqué le virus. Tu veux seulement éviter que les Chinois profitent de la situation actuelle pour prendre un avantage sur les Etats-Unis. Tu es prêt à faire des millions de victimes supplémentaires pour cela.

— Dis donc. Tu ne serais pas en train d'inverser les rôles ? s'insurge O'Brien. C'est quand même toi qui nous as mis dans cette situation. Tu y as pensé aux victimes quand tu nous as inoculé ton poison ?

— Justement. Je le regrette à chaque minute, reprend Pierre avec véhémence. Il ne faut pas ajouter le malheur au malheur. On doit pouvoir trouver des solutions. Se parler. Exiger un moratoire sur le développement technologique chinois. Coopérer sur la reconstruction. Négocier les fondements d'un monde nouveau.

— Foutaises ! Elucubrations d'un naïf ou d'un illuminé ! s'emporte le geôlier. Le monde ne connait que l'équilibre de la terreur.

— Eh bien, utilisons la menace des armes pour mieux négocier, mais négocions, assène le Français, sûr de lui.

— Il est hors de question de négocier, rugit O'Brien. On ne négocie pas quand il s'agit du contrôle du monde. Nous sommes là pour établir un ordre nouveau où l'aléa n'a plus sa place, où le risque est maîtrisé, où nous pouvons vivre en toute sécurité. Nous avons appris à dominer notre environnement ; nous sommes sur le point de domestiquer notre corps, notre esprit et notre santé. Quelle plus grande menace reste-t-il que la Chine qui pourrait nous dépasser ? Nous devons à tout prix l'arrêter.

— Mais c'est de la folie, hurle Pierre. Ta quête n'a pas de sens. Tu trouveras toujours, sur ta route, un nouvel obstacle. Le pire, c'est qu'en voulant réduire certains risques, tu en fais grossir de bien plus gros, existentiels pour la planète. La seule chose qui te préoccupe n'est pas le bien de l'humanité, mais la défense de tes intérêts. Je ne te laisserai pas faire. J'avouerai mon crime. J'expliquerai que la Chine n'y est pour rien. J'empêcherai l'escalade.

— Tu n'empêcheras rien du tout ! Tu n'as aucune preuve. Les Chinois sont derrière tout cela. Il faut les arrêter.

O'Brien beugle ces derniers mots d'une voix mal assurée. Il est curieusement passé d'une position d'accusateur à une position d'accusé. Son prisonnier lui tient tête. Il est survolté. Son corps est tendu vers l'avant, prêt à bondir. Sa rage transpire par tous les pores de sa peau. Il a pris l'avantage sur son geôlier et cherche à lui porter un nouveau coup.

— Puisque tu sais qui est Julia, tu sais où elle se trouve. Tu as même dû l'arrêter à l'heure qu'il est. Je veux la voir. Je veux être confronté avec elle. Nous devons tirer cette affaire au clair.

O'Brien hésite un bref instant puis laisse tomber :

— Elle est morte.

Sa réponse laisse Pierre interdit. La brutalité de ces trois mots et la réalité qu'ils revêtent lui sont insupportables. Dans un premier temps, il accuse le choc, le souffle coupé. Mais est-ce l'impossibilité d'accepter l'idée de la disparition de Julia ou sa parfaite maîtrise de la psychologie assez rudimentaire de O'Brien ? Une certitude l'envahit tout à coup : son mentor lui ment. Sa voix a marqué une hésitation avant de lui annoncer la nouvelle. Tout dans son attitude trahit le bluff : sa façon de s'appuyer sur le bureau pour se donner une contenance, l'air grave qu'il affiche. La réalité est qu'il ne veut pas d'une confrontation avec la jeune femme qui ferait naître la vérité. Le

Français n'est pas prêt à s'avouer vaincu. Il reprend ses esprits et poursuit l'attaque, plus déterminé que jamais.

— Vous l'avez tuée ?

La question, posée sur le ton du défi, agit comme un détonateur pour le geôlier. Son corps se redresse. Il serre les poings. Sa voix se fait menaçante.

— Il est temps de mettre fin à ce petit jeu. Cette fille est morte, un point c'est tout. Elle travaillait pour le gouvernement chinois, nous en sommes certains. Tu t'es laissé abuser par elle, c'est une évidence. Tu ferais bien d'adopter cette thèse, sinon nous pourrions devenir moins cléments...

— Jamais, tu m'entends... Jamais, hurle le jeune homme. Nous n'avons pas agi pour la Chine mais pour une organisation indépendante. La guerre ne rime à rien. Elle n'a pas de sens. Il faut l'arrêter.

— Très bien. Tu l'auras voulu.

O'Brien recule d'un pas. Il regarde son ancien protégé avec pitié, secoue la tête en signe de réprobation, et se dirige vers la porte. Le verrou qui se referme à double tour derrière lui plonge à nouveau la pièce dans le silence.

*

Pierre a perdu toute notion du temps. Cela fait des heures, peut-être des jours qu'il est enfermé dans cet endroit. Il n'a vu un vigile entrer qu'à trois reprises dans sa cellule, une fois pour lui déposer un pot-de-chambre, les deux autres pour lui apporter un morceau de pain et un verre d'eau. La lumière du néon est devenue insupportable et lui cause une forte migraine. Il a bien essayé de s'en protéger en enlevant son pull et en le mettant sur sa tête. Mais il a eu froid. Il n'a pas trouvé alors d'autres solutions que de s'allonger par terre, sous le bureau. Il pense s'y être assoupi. Combien de fois ? Combien de temps ? Il n'en a aucune idée. Son corps n'est que douleur, meurtri par la dureté du sol, la privation de nourriture et la violence de l'éclairage.

Sa colère ne s'est pas éteinte depuis son entrevue avec O'Brien. Il a le sentiment que celui-ci cherche à l'utiliser en essayant de le convaincre qu'il a agi à son insu pour le compte de la Chine. Il se demande bien également où peut se trouver Julia. A-t-elle réussi à leur échapper et à s'enfuir ? Ou est-elle prisonnière, elle aussi, dans une autre cellule ? Ils n'ont pas le droit de le retenir ainsi entre ces quatre murs. Ils auraient dû le livrer depuis longtemps à la police. Quoiqu'il ait fait, il doit avoir un jugement équitable. Et ses parents ? Ils vont commencer à s'inquiéter. Il les appelle une fois par semaine. S'ils n'ont pas de nouvelles, ils préviendront l'ambassade. Les réflexions se succèdent dans son cerveau, sans ordre logique. Sa capacité de concentration est affectée par le froid, par la faim et par l'angoisse. Il aimerait tellement être sorti de ce cauchemar.

Le bruit du verrou rompt le silence et ses pensées. O'Brien apparait dans l'entrebâillement de la porte. Derrière lui, on entend confusément les aboiements furieux de plusieurs chiens.

— Bon, *rookie*, j'espère que tu vas te montrer plus coopératif. Tu ne voulais pas me croire la dernière fois. Ces preuves devraient suffire à te convaincre.

Il jette sur le bureau vide un dossier. Pierre se lève de sa chaise avec hésitation. Ses jambes le portent difficilement. Il ouvre avec précaution la chemise à rabat, comme si quelque chose, à l'intérieur, allait lui sauter au visage. Son cœur s'arrête quand il aperçoit la photo de Julia, le visage blanc, inanimée sur un lit. Il ne prête même pas attention aux deux autres documents, la photocopie d'un ancien passeport russe et une fiche de renseignement du FBI.

— Vous l'avez tuée. Vous êtes des monstres, sanglote le jeune Français.

— Nous ne l'avons pas tuée. Ce sont ses commanditaires qui se sont débarrassés d'elle pour qu'on ne puisse pas remonter jusqu'à eux. Nous n'avons aucun intérêt à l'éliminer.

— Mais si, bien sûr. Morte, elle ne peut pas infirmer publiquement votre thèse de l'attaque chinoise. Elle disparait et laisse le champ libre à toutes vos divagations, à votre folie.

Pierre tremble de tous ses membres. Il est en pleurs. Son corps et son esprit sont en train de le lâcher. Il est obsédé par une seule considération : Julia est morte et Phébé l'a tuée.

O'Brien, énervé, se saisit de la photocopie du passeport russe et de la fiche du FBI pour lui tendre.

— Ces documents établissent de manière incontestable que Julia Poliakoff est d'origine russe et travaille pour la Chine.

Le Français se lève en tremblant. Il prend les deux documents et les balance, de rage, à l'autre bout de la pièce.

— C'est faux. J'en suis sûr. Vous mentez. Vous ne faites que mentir. Je ne vous crois pas. Je ne vous crois plus. Vous me l'avez dit un jour : une idée vraie est celle qui finit par réussir, une idée juste est celle qui finit par triompher. Avec vous, il n'y a plus de réalité. Il n'y plus de vérité. Il n'y a plus que ce qui sert vos intérêts.

O'Brien observe Pierre, incrédule. La violence de sa réaction le surprend. Il reste un long moment à l'observer, secoué de spasmes et de sanglots. Puis il s'approche lentement de lui. Il a changé d'attitude. Il arbore maintenant un sourire satisfait.

— Je constate avec plaisir que tu commences à comprendre. Tu croyais que la réalité était objective, extérieure, qu'elle existait par elle-même. Tu croyais qu'il y avait une forme d'évidence à cette réalité, que chacun voyait la même chose que toi. C'était absurde. La réalité existe dans l'esprit humain et nulle part ailleurs. Elle est ce que nous en faisons. La vérité en est sa manifestation. Pour l'établir, on ne peut se fier qu'à un seul critère : son efficacité. Ce qui tient est vrai. Ce qui ne tient pas est faux. Julia a-t-elle été tuée par ses commanditaires ? Les Chinois nous ont-ils attaqués ? Tu vois aisément de quel côté penche la vérité. Nous en avons établi toutes les preuves. Tu ferais bien de t'y rallier car sinon tu pourrais le regretter.

— Jamais, tu m'entends, jamais.

Le Français éructe. Il est hystérique. Il défie du regard son bourreau, qui vient de lui enlever sa liberté, son amour et ses illusions. Il ne lui enlèvera pas sa dignité. Il se rappelle les mots de Symes à ce sujet lors de leur première rencontre. O'Brien le regarde avec dédain. Sa bouche marque un rictus.

— Dans l'établissement de la vérité, il y a des méthodes plus ou moins douces. Je regrette que tu préfères la plus dure…

Il siffle entre ses dents. Charrington fait son entrée, maîtrisant avec difficulté les trois bergers allemands enragés de son patron.

XX

18 mai 2034, jour de l'Ascension, 19 heures.

Internet et les télévisions ont commencé à réémettre en début de semaine. Depuis cette date, les chaînes d'information en continu et les réseaux sociaux tournent en boucle sur l'attaque éclair des Etats-Unis sur la Chine. Des tirs de missiles de croisière américains, emportant de fortes charges à micro-ondes, ont atteint lundi dernier une cinquantaine de lieux stratégiques en territoire ennemi. Ces frappes chirurgicales n'ont a priori pas fait de victimes civiles, mais ont détruit un grand nombre de systèmes électriques et électroniques. L'opération a été rendue possible par l'aide logistique de l'Inde et par la suprématie américaine dans le cyberespace, qui a permis de mettre en défaut les satellites chinois et de neutraliser en partie les boucliers de protection militaire du pays. Cette offensive a été lancée à la suite des preuves irréfutables réunies par les Etats-Unis sur l'implication de la dictature communiste dans la gigantesque cyberattaque qui a paralysé l'Occident le mois dernier. L'identification et l'arrestation du coupable, un jeune Français de 27 ans, qui a avoué son crime et dénoncé ses commanditaires, ont corroboré définitivement les hypothèses émises jusque-là sur l'origine du virus. Aussitôt le résultat des frappes connu, le gouvernement américain a fait savoir, par le biais d'un communiqué officiel, qu'il n'entendait pas a priori lancer de nouvelles mesures de rétorsion contre son agresseur. Il considère que ses objectifs ont été atteints et que sa réponse militaire a été proportionnée à l'attaque qu'il a lui-même subie. Il espère que le régime chinois fera preuve de discernement et évitera une escalade préjudiciable à tous. Aussitôt, les interventions se sont multipliées dans le monde entier pour appeler les belligérants à la paix.

Le ressentiment vis-à-vis de la Chine est cependant encore vif dans le pays. Le dernier exemple en date est une expédition punitive d'une cinquantaine d'individus, ayant tenté d'intercepter le véhicule qui transportait le jeune cyber-terroriste français du bureau du procureur, où il était interrogé, à la prison. Le groupe, armé pour certains de battes de baseball, pour d'autres d'armes à feu, entendait faire justice lui-même, furieux du risque maximum d'emprisonnement encouru par le coupable, ramené à vingt ans à la suite de sa collaboration étroite avec les autorités. Il a fallu l'intervention d'une dizaine de policiers armés pour rétablir l'ordre. Les appels à l'instauration de la peine capitale pour les cyber-terroristes responsables de morts se sont néanmoins multipliés depuis la réouverture des réseaux sociaux.

La reconstruction a été parallèlement entamée. Les Titans ont déployé des efforts colossaux depuis un mois pour remettre en fonction les systèmes informatiques les plus vitaux du pays. Leurs experts ont réussi à identifier le mode opératoire du virus et à élaborer un antidote. Celui-ci sera déployé progressivement. On peut s'attendre à un retour à la normale dans les six mois. La parenthèse dramatique, qui a vu les incidents se multiplier partout dans le monde, devrait heureusement se refermer rapidement. L'arrêt, pendant cette période, de tous les dispositifs électroniques de sécurité a entraîné, comme il fallait s'y attendre, une recrudescence inédite de la criminalité. Les échauffourées entre communautés, vols à la tire, agressions en série, se sont multipliés. Afin de garantir plus efficacement la sécurité de ses citoyens, le gouvernement américain prépare un nouvel arsenal plus contraignant de mesures, qui sera déployé dans les prochaines semaines, lorsque l'ensemble des systèmes informatiques du pays seront rétablis.

O'Brien quitte des yeux le grand écran de sa télévision et lève son verre en direction de la jeune femme qui lui fait face. Sa beauté et son charme l'impressionnent à chaque rencontre.

— Ma chère Julia, votre plan était en tous points parfait. Je trinque à notre réussite.

— Merci O'Brien. Mais j'aurais préféré ne pas me livrer à cette photo et à ce simulacre dégradant de décès. Je devais disparaître et il devait m'oublier. C'est tout !

— Bien sûr... Bien sûr. Mais il ne voulait pas croire à votre mort. Il exigeait une confrontation avec vous.

— Si votre adjoint n'avait pas sorti le téléphone, nous n'aurions pas été obligés d'inventer en catastrophe le personnage de Julia Poliakoff. Pierre Favre n'aurait jamais révélé mon existence. Je vous rappelle que son profil psychologique est très clair. C'est une personnalité intelligente, mais d'une intelligence essentiellement théorique. Son sens pratique est limité. Il a été protégé pendant toute sa jeunesse de toute confrontation brutale avec le réel. Cela le rend naïf. Il respecte de manière inhabituelle l'autorité. Cela ne l'empêche pas de se poser beaucoup de questions, mais il avance toujours dans la direction qui lui a été fixée. Il est facilement manipulable à partir du moment où on sait utiliser son schéma de pensée analytique. Son seul objectif jusque-là a été d'être performant dans ses études, dans le sport, dans son travail. Sa quête ultime est d'obtenir la reconnaissance, surtout celle des femmes. Sa mère, qui l'a couvé de façon excessive, en est la première responsable. Il se veut également protecteur de ceux qui l'entourent. C'est lié à sa quête de reconnaissance. Il ne supporte pas de trahir ceux qu'il aime. C'est pourquoi il ne m'aurait jamais trahie si votre adjoint ne lui avait pas montré le téléphone.

— Mais il devait le détruire…

— C'est exact. Avec son esprit cartésien et son respect de l'autorité, la probabilité qu'il le conserve était de moins de 10 %. Surtout après avoir constaté que je ne répondais pas à ses messages. L'irrationnalité de l'amour est venue perturber nos programmes d'analyse.

— Sa résistance à accepter de dire qu'il travaillait pour les Chinois a été également étonnante.

— Dans une moindre mesure. Dans ce cas, la probabilité était de plus d'un tiers. Son conflit intérieur a été trop important, au moment du choix de sa participation à la cyberattaque, pour qu'il tourne le dos trop rapidement aux raisons qui l'avaient poussé à passer à l'acte. L'amour seul n'aurait jamais suffi. Il lui fallait un petit coup de pouce avec notre casque de stimulation transcrânien pour lui donner confiance en lui et une cause noble à défendre pour emporter son adhésion. Le modèle chinois ne pouvait pas représenter cet idéal. S'il acceptait de renoncer à ses motivations fondamentales de justice et de liberté, son geste perdait toute signification et le ramenait au néant.

— C'est pourquoi vous aviez imaginé une alternative dans le cas où il refuserait de se laisser convaincre par notre histoire.

— Je pensais que la peur et le doute suffiraient à le persuader d'endosser notre explication sur l'attaque chinoise. Vous n'avez pas réussi à vous montrer suffisamment convaincant, O'Brien. Et il a progressé au cours de cette expérience. Il s'est mis à douter de tout. Nous n'avions pas d'autres choix que d'employer des moyens plus coercitifs. Il a une phobie des chiens loups depuis l'âge de cinq ans. Il a même été traité par de l'hypnose pour cela... Sans grand effet apparemment...

— Non, sans grand effet. Il faut dire que mes cerbères sont impressionnants. En tous cas, grâce à ce jeune Français, nous venons de mettre un coup d'arrêt au programme chinois de *Renforcement Cognitif de la Population.*

— Vous voulez dire grâce à mon plan, O'Brien. Nous avons sélectionné, sur la base d'études approfondies, cinq jeunes gens extrêmement brillants dans le monde, parmi des centaines de milliers possibles. Nous les avons recrutés et mis sous pression. Tous les cinq avaient un profil parfaitement adapté pour notre mission. Mais Pierre Favre a été le plus rapide à se laisser convaincre de passer à l'acte. Son parcours, depuis sa plus tendre enfance, le prédestinait en effet à devenir notre agent. Ou plutôt notre pantin. Car vous le savez très bien, cette stratégie, c'est moi qui l'ai échafaudée de A à Z. Cela fait plus de vingt ans que le *Beijing Genomics Institute* séquence l'ADN d'individus porteurs d'un QI de plus de 160 et cherche à isoler et hybrider les gènes de l'intelligence. Il était sur le point de pouvoir faire naître par fécondation in vitro des enfants génétiquement modifiés aux capacités intellectuelles fortement améliorées. Il fallait absolument les arrêter car ils avaient pris de l'avance sur nos propres programmes. Nous avons détruit une bonne partie des infrastructures techniques qui leur permettaient de mener ces expérimentations, et ceci avec la bénédiction du monde entier qui les croit coupables. Ils ne prendront pas le risque de riposter. Ils cherchent toujours le commanditaire réel de la cyberattaque. Ils sont notamment en train d'éplucher le passé du jeune Favre. Mais ils ne trouveront rien. Et même s'ils trouvaient quelque chose, l'opinion publique les a déjà désignés comme responsables.

— Je ne voulais aucunement minimiser les qualités de votre plan, ma chère. Il est en tout point parfait. Il est juste dommage qu'il n'ait pas pu éviter quelques dégâts collatéraux. Le prix à payer, sans doute…

— Vous voilà devenu humaniste maintenant ? Vous plaisantez, j'espère ! Il fallait que tout cela soit crédible. Et comment être crédible sans quelques milliers de victimes de notre côté ? Nous aurons rétabli nos systèmes d'ici six mois. L'antidote au virus est prêt depuis longtemps. Bientôt cet épisode ne sera qu'un lointain souvenir, une péripétie. Mais il nous aura permis de renforcer définitivement notre pouvoir sur le monde. Nous aurons profité de la crise pour prendre le contrôle de nouvelles entreprises à bas prix, pour renforcer encore nos dispositifs de sécurité et pour prendre un avantage décisif dans la course à l'humain augmenté. Dans quelques semaines, nos programmes d'hybridation de l'homme et de la machine pourront passer du stade de l'expérimentation au stade du déploiement. Nous sommes à deux doigts d'un monde maîtrisé où nous aurons remplacé la sélection naturelle par le dessein intelligent, le hasard par le calcul, la mort par l'éternité.

O'Brien ne peut s'empêcher d'admirer la force de conviction de Julia et la rigueur absolue de son raisonnement. Il est extrêmement difficile de lui résister. Il comprend que le jeune Français se soit laissé prendre dans ses filets. Une question lui traverse l'esprit. Etudie-t-elle avec autant de précision le profil psychologique de chacun de ses interlocuteurs ? Et adapte-t-elle son discours en fonction ? Dans ce cas, il a dû aussi passer à la moulinette. Cela ne le rassure pas. Une autre interrogation le taraude depuis plusieurs mois.

— Julia, j'aurais aimé vous poser une dernière question. Pourquoi avoir exigé de tous ceux qui allaient côtoyer Pierre Favre chez Phébé de changer de noms ?

Julia regarde O'Brien avec un sourire ironique.

— Par jeu, O'Brien. Par jeu. Beatty, Black, Montag, Tillerson, Stoneman sont les pompiers de *Fahrenheit 451*, un célèbre roman d'anticipation de 1953, écrit par Ray Bradbury. Ils ont pour mission de brûler les livres sur terre et de détruire toute forme de culture, afin de permettre l'avènement d'une société du bonheur qui ne se pose plus de questions inutiles. Quant à Ampleforth, Charrington et O'Brien, ils sont agents de la Police de la Pensée dans *1984*, un chef d'œuvre de la science-fiction publié après la seconde guerre mondiale. Ils travaillent pour Big Brother, le dirigeant de l'Océania qui a établi un pouvoir absolu sur ses citoyens par un système de contrôle particulièrement sophistiqué, incluant télésurveillance, manipulation de l'information et réécriture du passé. Dans ce livre, le personnage principal, un être faible qui réfléchit trop, tombe amoureux d'une femme prénommée Julia.

Ils cherchent ensemble à s'opposer au régime en place. Sans succès. Leur révolte échoue lamentablement. Pierre Favre aurait dû connaître ces deux classiques. Il se serait méfié. Il aurait compris que sa tentative d'insurrection était vouée à l'échec. Dans l'ensemble de mon plan, je lui avais laissé une porte de sortie. Il ne l'a pas saisie. La culture est toujours d'une grande aide pour prendre ses décisions. Il n'en avait pas suffisamment. Il n'a pas su faire les bons choix. Il ne méritait pas autre chose que le sort qui lui a été réservé.

O'Brien frissonne. Le plan de Julia s'avère de bout en bout redoutable. Tout y a été pensé, calculé, jusqu'à la place laissée au hasard. Il observe la jeune femme avec attention. Il ne peut s'empêcher de s'extasier. Les traits de son visage et sa silhouette sont parfaitement équilibrés. On lit dans ses yeux le calme et la détermination. Sa maîtrise d'elle-même est totale. Sa voix n'a pas trahi la moindre émotion ni le moindre remords au cours de la discussion. Elle est quasi parfaite, pense O'Brien. Il lui manque juste une chose : un peu d'humanité !

Il reprend son verre et le tend en direction de Julia.

— Trinquons au succès futur de notre programme d'hybridation de l'homme et de la machine. *Domination* !

— *Domination* ! répond-elle d'une voix mécanique.

REMERCIEMENTS

Tous mes remerciements vont à Catherine Farin, Joëlle Aknin et Frédéric Girard pour leurs conseils éclairés, et à Lydia Babaci-Victor, Pauline Victor, Alice Victor, Benjamin Victor, Bénédicte Carrier, Vincent Carrier, pour leur lecture attentive et leur soutien permanent.

Printed in Poland
by Amazon Fulfillment
Poland Sp. z o.o., Wrocław

59771618R00139